Mulheres sem homens
Uma novela

Shahrnush Parsipur

Mulheres sem homens

Uma novela

TRADUÇÃO
Cristina Cupertino

martins
Martins Fontes

© 2010 Martins Editora Livraria Ltda., São Paulo, para a presente edição.
© 1990 Shahrnush Parsipur.
Esta obra foi originalmente publicada em persa sob o título *Zanan bedun mardan*.
Esta edição brasileira foi realizada a partir da tradução para o inglês de Nevin Mahdavi.

Publisher *Evandro Mendonça Martins Fontes*
Produção editorial *Luciane Helena Gomide*
Produção gráfica *Sidnei Simonelli*
Foto capa *Beth Moysés*
Preparação *Daniela Piantola*
Revisão *Ana Luiza Couto*
Denise Roberti Camargo
Dinarte Zorzanelli da Silva

Capa sobre trabalho da artista Beth Moysés,
performance "Reconstruindo sonhos" Maysa (2005)

Dados Internacionais de Catalogação na Publicação (CIP)
(Câmara Brasileira do Livro, SP, Brasil)

Parsipur, Shahrnush
 Mulheres sem homens : uma novela / ShahrnushParsipur ; tradução Cristina Cupertino. – São Paulo : Martins Martins Fontes, 2010.

 Título original: Women without men : a novella.
 ISBN 978-85-61635-74-9

 1. Ficção iraniana 2. Mulheres - Irã - Ficção I. Título.

10-06940   CDD-891.5

Índices para catálogo sistemático:
1. Ficção : Literatura iraniana   891.5

Todos os direitos desta edição no Brasil reservados à
Martins Editora Livraria Ltda.
Av. Dr. Arnaldo, 2076
01255-000 São Paulo SP Brasil
Tel.: (11) 3116.0000
info@martinseditora.com.br
www.martinsmartinsfontes.com.br

Sumário

Mahdokht 7
Fa'ezeh 17
Muness 33
   Primeira parte – Morte 33
   Segunda parte – Renascimento e segunda morte . 34
   Terceira parte – Renascimento 38
A sra. Farrokh-laga Sadr-O-Divan Golchehreh 55
Zarinkolah 71
Moças na estrada 79
O jardim de Farrokh-laga – Primeira parte 83
O jardim de Farrokh-laga – Segunda parte............... 101
Mahdokht 119
Fa'ezeh 123
Muness 127
A sra. Farrokh-laga Sadr-O-Divan Golchehreh......... 129
Zarinkolah 131

Mahdokht

O jardim, absolutamente verde em toda a sua extensão, acompanhava a margem do rio, com seu muro enlameado já quase dentro da aldeia. Ao longo do aterro não havia muro, pois o próprio rio servia de limite. Na verdade, o jardim era um pomar de cerejeiras que ostentava uma casa de campo com três cômodos. Tinha na frente um lago coberto de algas e cheio de rãs, um caminho de cascalho e uns poucos salgueiros-chorões dispersos. Toda tarde, o reflexo verde-claro dos salgueiros na água travava um duelo secreto com o verde-escuro do lago. Isso sempre deprimia Mahdokht, que não gostava de nenhum tipo de conflito. Na verdade, ela era ingênua o suficiente para desejar que todos e tudo no mundo, inclusive todas as nuances de verde, estivessem em boas relações uns com os outros.

– Claro que é uma cor calmante, mas...

Uma armação de cama de madeira tinha sido colocada sob uma árvore, com os dois pés de um lado mergulhados na borda do lago. Com a viscosidade da água, sempre era possível que a cama deslizasse inteiramente para dentro. Mahdokht sentava-se nela para observar a luta dos verdes, o verde-claro das árvores contra o verde-mofo do lago. E também contemplava o azul do céu, que à tarde, mais que em qualquer outra hora, se impunha sobre a composição de verdes. Mahdokht achava que o azul do céu era o árbitro divino do duelo dos verdes.

Se no inverno Mahdokht normalmente tricotava ou pensava em aprender francês ou viajar, isso acontecia porque quando faz frio é possível respirar satisfatoriamente, ao passo que no calor tudo se imobiliza. O verão era cheio de sujeira e poeira: a fumaça dos carros e o encardimento das multidões, sem falar na ansiedade causada por aquelas imensas janelas que cozinhavam as pessoas no banquete do sol de verão.

– Droga! Como é que ninguém percebe que esse tipo de janela não serve para este país?

Mahdokht continuava pensando em tudo isso e preocupada durante todo o tempo. Para sobreviver, ela precisou aceitar o convite que lhe fizera seu irmão mais velho, Hushang Khan, de ir morar com ele na zona rural, com todo o sofrimento que isso implicava: o alarido das crianças que gritavam e comiam cerejas o dia inteiro, tinham diarreia toda noite e por isso precisavam tomar iogurte como remédio.

– É iogurte da aldeia.

– É um iogurte excelente.

De qualquer maneira, as crianças sempre pareciam frágeis e trêmulas, embora comessem mais que o necessário e, como dizia a mãe, estivessem "rechonchudas".

Quando ela começou a trabalhar como professora, o sr. Ehteshami lhe dizia:

– Srta. Parhami, por favor, fale com a Soghrah. Eu não entendo o dialeto dela...

O sr. Ehteshami adorava agir como se fosse o diretor da escola e ela, a vice-diretora. Claro, não havia mal nisso.

Mas um dia ele disse:

– Srta. Parhami, a senhorita gostaria de ir ao cinema hoje? Está passando um filme bom.

Mahdokht empalideceu. Não sabia como responder a tamanho insulto. O que aquele sujeito andava pensando? Que ela era uma vagabunda? Quais eram as suas intenções? Agora ela sabia por que todas as outras professoras seguravam o riso quando ele lhe dirigia a palavra. Então elas estavam imaginando coisas! Mas elas não tinham o direito de imaginar coisas. Ela lhes mostraria quem ela era.

Mahdokht não foi mais trabalhar. Mas no ano seguinte, quando soube que o sr. Ehteshami havia se casado com a srta. Ataei, professora de História e Geografia, sentiu um aperto no coração. Um aperto tão grande que durante um segundo ela chegou a pensar que seu coração seria expulso da cavidade do peito.

– O problema é que o meu pai me deixou muito dinheiro.

E isso de fato era verdade.

No ano seguinte, ela continuou tricotando durante todo o inverno. Tricotou para os dois filhos mais velhos de Hushang Khan, que na época engatinhavam. Dez anos depois, ela estava tricotando para os cinco filhos de seu irmão.

"Sabe Deus por que eles se multiplicam tão rapidamente!", pensava ela.

– Não posso evitar. Adoro crianças. O que eu hei de fazer? – dizia Hushang Khan.

De fato, o que ele haveria de fazer? O que ele poderia fazer?

Não muito tempo antes, ela havia visto um filme com Julie Andrews. O noivo da protagonista era um capitão da Marinha na reserva, um austríaco com sete filhos que a um assobio seu se punham imediatamente em ordem. O capitão austríaco finalmente se casou com Julie. No início ela havia pensado em ser freira. Mas resolveu se casar com ele, principalmente porque estava grávida do seu oitavo filho. Essa solução foi a melhor, pois os nazistas estavam cada vez mais perto e, uma após a outra, as coisas chegavam ao ponto crítico.

– Eu sou exatamente como a Julie. Se um mosquito se machucava, ela chorava um balde de lágrimas.

Além disso, ela até então havia alimentado quatro cães famintos de rua, dado o seu casaco novo para o porteiro da escola, ido ao orfanato três vezes enquanto era professora e criado um programa de voluntariado em centros comunitários. E, claro, a todo momento comprava doces para as crianças.

– Que crianças encantadoras!

Mahdokht não se importaria se algumas dessas crianças fossem dela. E se algumas fossem dela? Pelo menos elas andariam sempre com roupas limpas e nunca teriam o nariz escorrendo. E, acima de tudo, elas aprenderiam a falar direito, deixando de se referir ao banheiro como "a casinha".

– O que vai ser dessas crianças?

Era uma pergunta difícil, sobretudo quando o governo anunciava – como às vezes acontecia –, no rádio e na televisão, que era preciso fazer alguma coisa para resolver esse problema.

O governo e Mahdokht estavam preocupados com os jovens. E se Mahdokht tivesse mil mãos e pudesse tricotar quinhentos pulôveres por semana?

— Eu poderia tricotar um pulôver com cada par de mãos. Mil mãos: quinhentos pulôveres.

Contudo, ninguém poderia ter mil mãos, muito menos Mahdokht, que adora o inverno e os passeios vespertinos que faz nessa estação. Mas, se antes de sair para passear ela tivesse de calçar quinhentos pares de luvas, isso levaria pelo menos cinco horas.

— Não. Teremos de pegar quinhentas luvas com as nossas quinhentas mãos direitas e deslizá-las pelas nossas quinhentas mãos esquerdas; isso levará exatamente três minutos, ou até menos.

Mas os verdadeiros problemas não eram essas questões. Sempre se pode encontrar uma solução para elas. Que o governo faça a sua parte e abra uma fábrica de pulôveres.

Mahdokht estava batendo os pés no lago.

No primeiro dia em que fora ao pomar, ela chegara até o rio e afundara os pés na água gelada. A água havia açoitado como granizo as suas pernas, tanto que ela precisou sair rapidamente, temendo resfriar-se. Depois de se calçar, ela foi até a estufa. A porta estava aberta e o ar abafado, pesado, parecia mais verão do que o ar do verão. Anos antes o sr. Ehteshami havia comentado que respirar durante o dia o ar úmido das estufas era a melhor coisa que se podia fazer, porque as plantas liberam oxigênio. Mas naquela ocasião todas as plantas tinham sido levadas para o jardim, e o que havia ali era apenas um espaço vazio.

Ela estava caminhando dentro da estufa, olhando para os vidros empoeirados, quando subitamente ouviu um arfar, uma luta e ruídos cadenciados seguidos de um calor intenso e cheiro de corpo.

O coração de Mahdokht parou de bater. Na outra extremidade da estufa a empregada de quinze anos, Fatimah, arquejava sem parar, como uma prostituta, debaixo de Yadollah, o jardineiro careca cujos olhos tomados pelo tracoma deixavam nauseado quem quer que os olhasse. Os arquejos continuaram.

Mahdokht sentia-se desmaiando, com as pernas trêmulas cedendo sob seu corpo. Estendeu a mão mecanicamente para as prateleiras de plantas. Mas não conseguia desviar os olhos da dupla que fazia aquilo. Olhava e continuou olhando até os dois perceberem a sua presença. O homem estava uivando; tentou se separar da garota, mas não conseguiu. Continuou socando-a freneticamente. Ela voltou os olhos e as mãos para a sua patroa, que saíra correndo sem saber o que fazer. A esmo, Mahdokht arremeteu para o lago; queria vomitar. Sem se dar conta do que fazia, lavou as mãos e se sentou na beirada da armação de cama.

– O que eu faço?

Ela pensou em contar tudo para Hushang Khan e sua mulher. Afinal de contas, eles eram responsáveis pela menina.

"A assanhada só tem quinze anos. Que escândalo!", pensou ela.

Hushang Khan seguramente lhe daria uma bela surra e a despediria. Os irmãos dela certamente a matariam.

– O que eu faço?

Ela pensou em arrumar as malas e partir imediatamente. Poderia voltar para Teerã; seria melhor do que ficar naquela angústia.

– E então?

Mahdokht não sabia o que fazer; mas naquele pânico sentiu que era melhor voltar para casa. A vagabunda a seguiu, pisando no xador. Tinha o rosto todo arranhado e vermelho.

Fatimah gritou:

– Patroinha! – e caiu aos pés de Mahdokht.

"Ela geme como uma vaca!", pensou Mahdokht.

– Vá embora, sua imunda!

– Não, minha patroa, não, eu imploro, por favor!

– Cale a boca! Saia do meu caminho! Quem é que pretende contar qualquer coisa para alguém?

– Por favor! Eu imploro. Se a senhora contar para a minha mãe, ela me mata. Juro por Deus que ele quer casar comigo. Amanhã mesmo ele vem aqui falar com o patrão.

Para se livrar dela, Mahdokht foi obrigada a prometer que não contaria, pois o simples toque das mãos da garota nos seus pés estava lhe dando náuseas. A menina se arrastou para dentro da casa como um trapo descartado, e Mahdokht respirou aliviada. Tinha vontade de chorar.

Três meses haviam se passado, e o verão já estava acabando. Eles voltariam para a cidade no dia seguinte e ninguém entendia por que Yadollah, o jardineiro, tinha desaparecido de repente. Hushang Khan resmungava:

– Estranho! Ele insistiu umas cem vezes que nunca deixaria esta casa.

Era preciso encontrar outro jardineiro, para que o jardim não fosse ocupado durante o inverno. Alguém podia ter a ideia de pôr armações de cama perto do rio e alugá-las a 30 *tomans* por dia para aquelas pessoas desagradáveis que acampavam por ali. Hushang Khan ficava repetindo isso e ninguém parecia discordar dele.

Então Mahdokht ouviu a explosão de risada da prostituta, vinda da parte mais distante do jardim. Ela havia levado as crianças para brincar ali. Mas não se sabia que tipo de brincadeira estaria lhes ensinando. Mahdokht ficou andando no quarto de um lado para o outro, nervosa, batendo na parede com o pulso. Estava preocupada com as crianças.

— Espero que ela engravide. Assim acabam com a vida dela.

O melhor seria se ela engravidasse. Todos os seus irmãos pulariam sobre ela e bateriam nela sem piedade até que ela morresse. Era isso que tinha de ser feito. As crianças deixariam de ser corrompidas.

Subitamente ela pensou: "Minha virgindade é como uma planta".

Então se sentiu pressionada por uma necessidade de se olhar no espelho. Tinha de ver seu rosto no espelho.

— Talvez seja por isso que eu sou verde.

Seu rosto era moreno, amarelo-esverdeado, com muitas rugas sob os olhos. A testa era marcada por uma veia muito saltada.

— Como você é fria! Você é um gelo — dissera-lhe certa vez o sr. Ehteshami.

"Um gelo não; uma planta", pensou ela.

Ela poderia se plantar no chão.

— Bom, eu não sou semente, sou uma árvore. Preciso me transplantar.

Como dizer isso a Hushang Khan? Ela gostaria de lhe dizer:

— Meu querido irmão, venha e se sente aqui para conversarmos como amigos. Como você sabe, os pulôveres são feitos de tecido.

Bom, se ela dissesse isso seria obrigada a explicar a questão das mil mãos. Hushang Khan não iria entender! Como poderia ela lhe dizer que, numa época em que milhares de fábricas estavam produzindo pulôveres, era fútil ensiná-la a fazer pulôveres tricotados?

Bem, não havia saída. Ela pretendia ficar no jardim e se plantar logo no início do inverno. Devia ter perguntado ao jardineiro qual era a melhor época para plantar. Mas isso não era tão importante. Ela ficaria ali e se plantaria de qualquer modo. Com sorte se transformaria numa árvore. Ela gostaria de crescer ao lado do rio com folhas mais verdes que as algas, para poder ter uma bela briga com o verde-escuro do lago. Caso se tornasse árvore, caso se tornasse realmente uma árvore, então ela também teria florações – uma porção de florações. Entregaria suas sementes ao vento para que um dia ele acabasse por criar um jardim cheio de Mahdokhts. As pessoas seriam obrigadas a cortar todas as cerejeiras a fim de abrir espaço para a disseminação de todas as árvores Mahdokhts recém-surgidas. Mahdokht se converteria numa árvore com milhares e milhares de galhos. Estabeleceria um comércio com o resto do mundo e a terra se encheria de Mahdokhts. Os americanos comprariam suas mudas e as remeteriam para a Califórnia, ou talvez até para regiões mais frias, onde se formariam florestas inteiras de Mahdokhts. Pronunciado por eles, seu nome certamente seria "Mahdakt". Aos poucos a pronúncia passaria a ser "Mahdakt" em alguns lugares e "Maadak" em outros. E passados quatrocentos anos os filólogos e linguistas discutiriam por causa dela e com veias saltadas insistiriam que essas duas palavras se equivalem e derivam da raiz "Makik", que tem origem africana. Então os etnólogos contestariam essa tese, afirmando que uma árvore continental não poderia crescer no clima tropical da África.

Mahdokht bateu a cabeça na parede. Bateu-a várias vezes, até seus olhos se encherem de lágrimas. Em meio aos soluços, pensou que seria bom dar um giro pela África no ano seguinte. Ela iria para a África a fim de crescer. Bem no fundo do coração ela desejava ser uma árvore tropical. Desejava de todo o coração. E são sempre esses desejos tão perfeitos, do fundo do coração, que enlouquecem as pessoas.

Fa'ezeh

Às quatro da tarde do dia 16 de agosto de 1953*, depois de semanas de hesitação, Fa'ezeh havia se decidido. O silêncio já não era justificável. Se esperasse mais, talvez tudo desmoronasse. Era preciso lutar pelos seus direitos.

Apesar de toda a energia que mobilizara para esse objetivo, ela precisou de uma hora para se vestir. Calçou lentamente as meias, depois vestiu a roupa de algodão do verão: blusa e camiseta. Durante todo o tempo pensava que talvez Amir Khan estaria lá – um pensamento que lhe aqueceu o corpo. Se realmente era provável que Amir Khan estivesse lá, ela certamente não poderia falar com liberdade. Na verdade, ela simplesmente não poderia falar. Seria obrigada mais uma vez a refrear tudo dentro de si e as dúvidas e a hesitação continuariam.

---

* Esta data é importante para os iranianos. Neste dia da história do Irã o povo está prestes a fazer sua primeira tentativa de derrubar o governo popular e democraticamente eleito de Mohammed Mossadegh, que havia nacionalizado a indústria criada e controlada pelos ingleses no país. (N. T.)

Todas as vezes que ela tentara falar acontecera alguma coisa, e então as dúvidas e a hesitação habituais continuavam e ela ficava ponderando se devia ou não falar abertamente.

Ao empoar o nariz diante do espelho, ela refletiu: "Estou envelhecendo."

Vinte e oito anos e seis meses. Na verdade, ela não estava velha; apenas exausta.

Calçou os sapatos, pegou a bolsa e desceu correndo a escada. No jardim, a governanta estava sentada na armação de uma cama de madeira e olhava para o lago. Os estalos dos saltos dos sapatos de Fa'ezeh chamaram sua atenção.

– Vai sair?

– Vou.

– Hoje não é um bom dia para sair, querida. As ruas estão tumultuadas.

O rádio do vizinho estava ligado e seu som chegava até o quintal. Fa'ezeh hesitou. A governanta estava certa.

– Pelo menos ponha o *xador* – disse ela.

Fa'ezeh subiu de volta a escada sem nada dizer. Puxou de debaixo de uma pilha de roupas o xador preto que costumava usar apenas nas cerimônias de luto e colocou-o na cabeça diante do espelho. As grandes dobras quadradas do xador de seda lhe davam o aspecto de um cubo deformado visto de lado. Se Amir Khan estivesse lá, ele seguramente debocharia dela. Fa'ezeh gostava das brincadeiras de Amir Khan, mas não quando eram a propósito dessas coisas. Ele fazia palhaçadas com ela porque ela ainda não havia se casado. Até aí, tudo bem, mas o xador preto era outra coisa. Isso seria doloroso, talvez ela acabasse chorando, o que, diante de Amir Khan, não era um comportamento nada apropriado. De qualquer forma,

Fa'ezeh não tinha escolha: era o seu único xador. Ela desceu a escada novamente, e desta vez o estava usando.

A governanta não estava mais resmungando. Já deixara de dar ordens havia muito tempo.

Ela saiu. Era uma rua lateral. Ouvia-se à distância a gritaria da multidão. Mas na segurança relativa de uma rua lateral apareceu quase imediatamente um táxi e Fa'ezeh o pegou.

– Avenida Sezavar.

O motorista olhava para ela pelo espelho. Já havia dado partida no carro.

– A senhora não está com medo? – perguntou ele. – A cidade está toda tumultuada!

– Não dá para evitar.

– Sou obrigado a fazer um desvio – disse o motorista novamente. – Não posso pegar a rua principal; é perigoso demais.

– Não tem importância.

O motorista estava seguindo pelas ruas secundárias, menos frequentadas. Num dos cruzamentos havia um congestionamento. Um homem estava no meio da rua e dizia para os carros pararem. Alguns carros já estavam esperando em fila. Então o homem que dirigia o tráfego subiu de repente na calçada e começou a correr. Alguém o estava seguindo. O homem entrou numa alameda e desapareceu. Os carros movimentaram-se rapidamente. Outro homem pulou no porta-malas do táxi de Fa'ezeh. Tinha na mão uma faca e golpeava a janela de trás. Fa'ezeh não olhou; curvou-se e colou a cabeça ao joelho. Subitamente ela se arrependeu de ter saído de casa.

O motorista freou abruptamente. A cabeça de Fa'ezeh chocou-se contra as costas do banco dianteiro. Com a mesma intempestividade ele voltou a dar partida, atirando Fa'ezeh para trás. O solavanco também atirou fora do carro o homem que estava no porta-malas.

O motorista resmungou:

– Eu disse à senhora que era perigoso. Vou guardar o carro agora.

Fa'ezeh não respondeu.

Ele prosseguiu:

– Hoje de manhã a mãe dos meus filhos me disse umas dez vezes que eu não devia sair. Mas eu sou um burro desgraçado e não a ouvi. Que Deus mate a fonte da curiosidade!

Fa'ezeh permaneceu calada. Não gostava do modo como ele a olhava pelo espelho retrovisor. Queria sair do carro o mais rápido possível.

Finalmente eles chegaram ao seu destino. Fa'ezeh pôs uma nota de dois *tomans* na mão do motorista e o contato com aquela pele áspera lhe deu arrepios. Sem esperar o troco, abriu a porta e saiu rapidamente.

Da casa se via toda a rua. Ouvia-se a multidão, mas novamente a distância. Fa'ezeh tocou a campainha e durante os dois minutos em que ficou ali sentiu na língua o amargor da espera. Alieh abriu a porta. Parecia sonolenta.

– Estava dormindo até agora? – começou Fa'ezeh. – Que coisa bonita para uma mulher da sua idade.

Alieh saudou-a e recuou para que ela entrasse.

– Muness Khanom está em casa? – perguntou Fa'ezeh.

– Está.

– Onde é que ela está?

– Deve estar na sala.

Fa'ezeh foi para a sala. Ao dar o primeiro passo, murmurou para si mesma: "Ele está aqui". E depois, com o segundo passo: "Ele não está aqui". Continuou assim até chegar à porta. Tinha dado cinco passos. Sussurrou "Ele está aqui" e abriu a porta. De fato Muness estava ali, sentada sozinha e ouvindo atentamente o rádio. Mas Fa'ezeh não viu Amir Khan. Imaginou que ele devia estar no andar de cima, dormindo.

– Olá!

O rosto de Muness iluminou-se de alegria.

– Que ótima surpresa! Como é que você está? Não é todo dia que temos esse prazer – Muness continuou dizendo essas coisas agradáveis enquanto se levantava lentamente da cadeira. Diminuiu o volume do rádio.

– O prazer é todo meu! – respondeu Fa'ezeh. – Mas você nunca me procura. Não dá notícia nem nada.

As duas mulheres se beijaram. Depois se envolveram no murmúrio da conversa vaga e das formalidades usuais enquanto se sentavam ao lado do rádio.

– Você está sozinha? – indagou Fa'ezeh.

– Estou, meu bem, estou sozinha – respondeu Muness. – A mamãe e todos os outros foram para Meshed.

– Verdade? Por que você não me falou?

– Faz só dois dias que eles viajaram.

– Ah, sim. O que é que o Amir Khan está fazendo?

– Ele não está aqui. Está trabalhando.

– Deus do céu! Isso não é hora de trabalhar. No meio de toda esta comoção.

– Quando ele sai, diz que vai trabalhar. Eu não tenho ideia do que ele faz...

– Você está brincando...

– Não, não estou brincando. Quer uma xícara de chá?

– Obrigada. Se não for lhe dar trabalho.

Muness levantou-se para pedir o chá e Fa'ezeh desligou o rádio, que atrapalharia a conversa – uma conversa que já fora adiada pela hesitação por mais tempo do que seria razoável.

Muness voltou e se sentou silenciosamente diante da amiga. Anos antes Fa'ezeh havia lido em algum lugar que as pessoas de rosto redondo eram idiotas natas. Na época ela havia corrido ao espelho para dar uma boa olhada no seu rosto, embora soubesse que ele não era redondo. Muitas vezes já lhe haviam dito que a sua cara era "de cavalo" – quase sempre quem dizia isso era a governanta, e com um tom de voz tão tranquilo que durante muitos anos a frase a machucou como um espinho na sua pele. De qualquer forma, ela havia corrido e dado uma olhada no espelho para se certificar de que não se enquadrava na categoria dos idiotas. Contudo, a partir de então, ela adquirira o hábito de avaliar o rosto das pessoas. O de Amir era quadrado com um queixo compacto, igualmente quadrado. Mas Muness nascera com um rosto redondo – redondo mesmo, como uma lua cheia em leve competição com um ovo. Nos últimos dez anos, Fa'ezeh havia achado que, embora fosse dez anos mais velha que ela, Muness era idiota. Mas continuava sendo sua amiga, apesar da firme convicção nesse "fato" suposto. Ela devia achar Muness encantadora o suficiente para sustentar uma relação cordial. Dois anos antes, Amir Khan havia se revelado um incentivo a mais. Agora suas visitas eram tanto por causa dele quanto por causa dela. Muitas vezes, Fa'ezeh havia pensado que, se Muness tivesse um rosto mais alongado, ela já teria percebido a situação e providenciado o seu casamento com Amir Khan. "Pobrezinha", pensava ela frequentemente, "por que o rosto dela tem de ser tão redondo?".

Alieh chegou com o chá e elas o beberam. De vez em quando, Muness olhava para o rádio. Embora fosse mais velha e estivesse em sua casa, ela não ousava ligá-lo.

– Lá fora está havendo confusão? – perguntou ela finalmente.
– Um pandemônio.
– Amir Khan me disse para não sair. Segundo ele, estavam cortando cabeças.
– É isso mesmo. Alguém pulou no porta-malas do meu táxi.

Mas ela sabia que não devia se desviar do assunto. Por isso perguntou:
– Você viu a Parvin recentemente?
– Não. Faz um mês que não a vejo.
– Por quê?
– O filho dela estava doente. Sarampo. Ela disse que era melhor não ir lá, para não espalhar a infecção.
– E por isso você não esteve com ela.

Muness olhou de esguelha para Fa'ezeh, que esperava uma palavra sua para dizer a próxima frase. Mas a velha solteirona ficou calada, olhando para as flores do tapete. Assim, Fa'ezeh foi forçada a falar outra vez:
– Eu nunca vi uma mulher tão sem-vergonha em toda a minha vida.

Dessa vez Muness a encarou, com surpresa no olhar.
– Por quê?

Era um "Por quê?" inocente. Fa'ezeh pediu a Deus que o rosto de Muness não fosse tão redondo.
– Ela é mesquinha, desprezível – prosseguiu Fa'ezeh. – É uma coisa terrível que a gente só descubra isso depois de quinze anos de amizade. Mas agora a grande senhora deixou cair o véu. Mandou às favas a sua timidez e vomita toda a de-

pravação que tem dentro de si, bem às claras. Está disposta e pronta para fazer qualquer coisa vergonhosa.

Os olhos de Muness encheram-se de terror.

– E ela está querendo fazer o quê? – perguntou ela. – Vai se divorciar?

– Ah, isso não! A infeliz! Isso é a última coisa que aquela coisa imunda pensaria em fazer. O que é uma pena, porque assim ela pouparia o meu irmão.

Timidamente, Muness apertou os lábios. Estava ficando curiosa. Empenhou-se em revirar suas lembranças para imaginar como seria a insolência de Parvin. Não lhe ocorreu nada. Ela havia visto aquela mulher quase sempre na casa de Fa'ezeh, em recepções, cerimônias de luto e rezas. As duas estabeleceram uma amizade simples e Muness não se lembrava de nenhuma indiscrição da parte de Parvin.

Muness estava olhando para Fa'ezeh, esperando que ela lhe dissesse que tipo de impudência Parvin cometera. Mas os olhos de Fa'ezeh foram ficando muito vermelhos, até que as lágrimas começaram a correr pela sua face. O reflexo dessas lágrimas já podia ser visto nos olhos de Muness, e pelo seu rosto também desciam lágrimas. Era sempre assim: se alguém chorava, Muness também chorava, sem saber por quê.

Fa'ezeh afastou um pouco os lábios, que tinham estado crispados durante o choro, e disse:

– Muness, você sabe o quanto eu tenho sido boa e atenciosa com ela. Você acha que ela seria tão feliz sem a minha interferência? No ano passado ela brigou com o meu irmão, também por culpa dela. Essa mulherzinha idiota fez as malas e foi para a casa da mãe – um comportamento frívolo e insensato que uma mulher decente não teria. Quem você acha que conseguiu reconciliá-los? Eu! Dei um jantar que até hoje é comentado. Fui comprar carne no Mir-Khand, o açougueiro. Dei a ele uma boa gorjeta para que ele cortasse o melhor pedaço. Fiz berinjelas cozidas, *khoresh*, *tah-chin*, cordeiro, frango refogado e o *kabob*. Que *kabob* de frango! Espalhei por cima, com uma pluma, suco de limão, hortelã e outros condimentos, e passei uma hora e meia no canto do jardim preparando esse prato. Também fiz espinafre com iogurte. E os tomates, você acha que foi fácil encontrar? Precisei ir ao mercado central para comprar. Pedi ao ordenança do coronel Sarvbala que comprasse vodca para molhar a goela do velho, pai dela.

Fa'ezeh franzia os lábios, refletindo toda a intensa amargura que rompia do fundo da sua alma. Muness olhava para ela com olhos arregalados.

– E o que foi que aconteceu? – perguntou ela.

– O que é que podia ter acontecido? Foi um segundo casamento. Eu mandei esse monstro de volta para a casa do meu irmão. E dois meses depois ela quis retribuir o convite. Na verdade, ela queria me superar e, por isso, fez também um banquete. A vaca fez comida europeia. Atirou uns pedaços de couro numa travessa e disse que era filé. Ghh! Como se nós fôssemos idiotas ou burros sem paladar. Eu soube imediatamente que ela estava me provocando. "Vou lhe mostrar o que significa procurar briga comigo", foi o que eu disse para mim mesma.

– Mas ela nunca me disse que queria brigar – aparteou Muness.

– E você acha que ela ia dizer que queria me superar? Todas as pessoas que provaram os meus pratos sempre me fizeram os maiores elogios, durante toda a minha vida. Agora essa imbecil ousa me desafiar? Essa vaca está mostrando o seu lado canino. Um filhote de lobo se torna lobo mesmo quando é criado por gente.

– E então?

– Então eu comprei um livro de culinária e disse para mim mesma que se alguém é capaz de fazer *tah-chin* também é capaz de aprender a fazer filé e coisas do gênero couro. Eu aprendi tudo.

– Que bom! Não é tão difícil. No rádio transmitem receitas toda manhã. Fica mais fácil fazer os pratos europeus, também.

– Bem, era exatamente isso que eu queria provar. Por isso eu dei outro banquete.

– Quando foi isso?

– No mês passado. Eu disse a eles que viessem todos para um jantar europeu. Fui ao Mir-Khand, dei a ele uma gorjeta de cinco *tomans* e comprei oito bifes de filé, um para cada pessoa. Comprei ervilhas, feijões verdes, tomate e batata fresca. Fiz feijão verde e arroz, com uma salada. Servi espinafre e iogurte, também. Cobri o filé com um molho de lamber os dedos. Fui ao mercado central e comprei os maiores pêssegos e as melhores nectarinas, ameixas azedas e doces. Pedi ao ordenança do coronel Sarvbala que me comprasse vodca. Despejei a vodca numa garrafa bonita e enterrei a garrafa no gelo que tinha posto na poncheira de cristal da minha mãe.

Muness olhava admirada para Fa'ezeh.

– Por que você fez isso? – indagou ela.

Fa'ezeh sorriu.

– Para manter a vodca gelada.

– Verdade?

– Verdade! Eu queria que você tivesse estado lá para ver.

– E por que você não me convidou?

– Porque o Amir Khan tinha ido para Shiraz. Então me ocorreu que, quando quisesse voltar para casa tarde da noite, você estaria sozinha.

– Ah, claro.

– Bom. Todos devoraram a comida e me elogiaram. Comeram tudo e continuaram me elogiando. Por pouco não comeram também os dedos. Com isso aquela assanhada ficou obviamente explodindo de despeito. Parecia uma beterraba velha.

– A Parvin?

– Claro, quem mais podia ser? Sabe o que ela fez então?

– Não.

– Desde o começo ela estava esperando um pretexto para começar uma briga. Então ela disse: "Fauzy, querida" – a vaca me chama de Fauzy porque é preguiçosa demais para mexer o maxilar e dizer Fa'ezeh – "eu vou lhe ensinar uma coisa: nunca ponha molho no filé". Ela falou isso com uma voz tão alta que sete casas depois da minha as pessoas devem ter ouvido.

– É mesmo?

– Imagine como foi que eu me senti. Eu perguntei para ela: "Quem foi que disse que não se deve pôr molho no filé?". Ela respondeu que tinha ouvido no rádio. Mas eu disse que tinha lido num livro que se podia fazer isso, sim. Então ela disse que também havia lido num livro que não se podia fazê-lo. E acrescentei que o livro dela devia ser muito ordinário. Infelizmente, nesse ponto meu irmão entrou na conversa com um comentário: "Se o filé deve ou não deve ter molho, isso não é importante. O que interessa é que ele estava delicioso". A vaca se enfureceu porque o meu irmão ficou do meu lado e me defendeu. Ela continuou de mau humor até o fim do jantar.

Muness parecia tão envolvida na história que Fa'ezeh se sentiu impelida a estender-se.

– Para encurtar o caso, Parvin bufou até os homens irem para a varanda. Então ficou para trás, como se fosse me ajudar a tirar a mesa...

Fa'ezeh se calou, crispou os lábios. Não aguentava mais aquilo. As lágrimas deslizaram silenciosamente pelo seu rosto. Muness gritou:

– Ah, meu Deus! Não chore, pelo amor de Deus.

Muness também estava chorando.

– E enquanto nós estávamos tirando a mesa – prosseguiu Fa'ezeh – ela virou para mim e disse: "Quem se esfrega com o Fathollah no corredor devia estar mais preocupada com o seu hímen e o seu véu da virgindade do que com a sua culinária".

As lágrimas já molhavam todo o rosto de Fa'ezeh e caíam na sua saia.

Muness, entre lágrimas igualmente copiosas, perguntou, arregalando os olhos:

– Quem é Fathollah?

– A droga do irmão dela. Ele parece um cocô, é igual àquela porcaria que poreja do esgoto. E ela imagina que ele e eu... Pode acreditar, eu estava perdendo o controle. Pensei em lhe dar uns tapas na cara com tanta força, que seus tímpanos estourariam. Assim ela se lembraria daquilo pelo resto da vida. Mas infelizmente meu irmão já estava de novo do nosso lado. Então pensei comigo mesma que, já que ela tinha sido grosseira, eu também seria grosseira com ela, e disse: "Em primeiro lugar, quem estava se divertindo com o seu irmão no corredor deve ter sido o anjo da morte, porque com a aparência dele só Azrael poderia ter vontade de se divertir com ele e, em segundo lugar, a virgindade não é um véu; na verdade, ela é uma abertura. Você fez três garotos e como uma perfeita idiota ainda não sabe que a virgindade é uma abertura. E aí começa a inventar histórias sobre os outros...".

Muness havia parado de chorar. Apenas olhava para Fa'ezeh, que continuava:

– Eu disse a ela: "Se alguma vez você voltar a abrir a sua boca suja para falar essas coisas, eu vou fatiar você numa centena de Parvinzinhas". Ainda bem que a vaca morre de medo do meu irmão e por isso ficou muda como uma estátua.

Muness estava olhando em silêncio para as flores do tapete. Enquanto enxugava suas lágrimas, Fa'ezeh observava cuidadosamente as diversas expressões que se sucediam no rosto da amiga. Então acrescentou:

– Eu sei que a Parvin é o tipo de cobra que só larga a presa quando já descarregou todo o seu veneno, por isso ela certamente vai ficar por aí arruinando a minha reputação. Mas eu não estou ligando. Quem já foi envenenado não teme outra dose. De qualquer maneira, ela me deixou tão furiosa que eu pensei em procurar aquela moça, Mahjabin, e pedir para ela um certificado de virgindade, para emoldurar e pendurar no meu quarto. Assim os seus olhos sempre atentos saltariam das órbitas.

Muness ainda estava olhando para o tapete. Então murmurou:

– A virgindade tem um véu. O hímen. A mamãe diz que, se as moças pulam de um lugar alto, podem perder a sua virgindade; o véu pode rasgar.

– Que bobagem, meu bem! É uma abertura, não tenho a menor dúvida. Só que é apertada no começo e alarga depois.

– Nossa!

Muness tinha empalidecido.

Fa'ezeh, que estava olhando para ela, perguntou:

– Algum problema?

– Não, nenhum. Mas tem de ter um véu ou alguma coisa do tipo.

– Não, meu bem. Estava escrito num livro (e eu leio muito): é uma abertura.

Alieh, levando frutas, entrou quase junto com Amir Khan. Fa'ezeh levantou-se ligeiramente para mostrar respeito. O homem, de feições quadradas, cumprimentou-a e sentou-se numa poltrona no canto da sala.

– Lá fora a confusão é total – anunciou ele. – Todo mundo deve ficar em casa.

Então, notando os olhos vermelhos das moças, ele perguntou:

– Alguma coisa errada?

– Não – respondeu Muness.

Amir Khan não tinha mais aquele seu ar amável. Estava de cara fechada.

– Eu perguntei se alguma coisa estava errada – repetiu ele.

Fa'ezeh explicou:

– Nós estávamos numa conversa meio triste.

– Triste de chorar?

– É que nós somos mulheres, você sabe como é.

Quase imperceptivelmente, Amir Khan sorriu.

– Agora eu preciso ir – disse Fa'ezeh.

– Aonde? – indagou Amir Khan. – Lá fora está muito tumultuado. Nem os cachorros estão reconhecendo seus donos.

– Mas eu preciso ir, senão vai ficar muito tarde.

Amir Khan pensou em pedir a Fa'ezeh que pernoitasse na casa. Mas isso não era possível. Sua família ficaria preocupada.

– Então eu acompanho você. O simples fato de você ter vindo foi extremamente amável da sua parte. Mas num dia como o de hoje, uma mulher de respeito não deve sair sozinha.
– A situação não está tão terrível assim, Amir Khan.
Ele estava ficando furioso.
– As mulheres nunca deviam sair de casa. A casa é para as mulheres e o mundo de fora é para os homens.

Fa'ezeh não respondeu. Não adiantava discutir com Amir Khan. Ela sabia que tinha de deixar a uva amadurecer na parreira.

Agora pelo menos ela não precisava se preocupar por causa de Parvin.

Parvin não podia mais pescar em águas turvas. Fa'ezeh lhe calara a boca e passara a prevalecer sobre ela.

Amir Khan levantara-se para levar Fa'ezeh para casa enquanto ainda era dia. A moça se sentia feliz por ficar sozinha com ele.

– Vamos por ruas laterais – propôs ele.
– Isso, elas são menos perigosas. O motorista do táxi também disse isso.

Muness

Primeira parte
Morte

Às quatro horas da tarde do mesmo 19 de agosto de 1953, Muness estava de pé no teto da casa olhando para a rua. Não dormia, nem mesmo um segundo, havia exatamente cinquenta e seis horas. Amir Khan havia declarado que ela não devia sair de casa.

Lá de cima ela olhava a rua. Todas as ruas estavam apinhadas de gente. Às vezes um grupo de pessoas corria para a direita, às vezes para a esquerda. Mas, em ambos os casos, qualquer que fosse o grupo que começasse a correr, o outro grupo se afastava em reação. Depois, uns poucos caminhões passaram, carregados de gente. Passaram também uns poucos carros blindados. E ela ouviu ao longe o barulho de uma metralhadora.

Muness estava preocupada com a ideia de que trinta anos antes ela olhava para o mundo pelo prisma da virgindade. De fato, haviam lhe dito solenemente, quando ela acabara de fazer oito anos de idade*, que uma menina com o hímen rompido nunca receberia o perdão de Deus. E agora, há duas noites e três dias, ela sabia que a virgindade não era nada mais que uma abertura.

Algo havia se quebrado dentro dela; um ódio frio a dominou. Ela recordou seus dias de infância, quando costumava olhar as árvores com inveja, desejando escalar uma delas só uma vez. Mas nunca havia feito isso por medo de perder sua virgindade.

Ela mesma não sabia por quê, mas sentia-se fria e insensível até os joelhos. Então olhou para o céu e disse:

– Eu me vingarei!

Um homem saiu do beco. Com a mão sobre o estômago, ele vacilou. Deu alguns passos adiante e então caiu de borco na sarjeta. Muness não conseguia mais ver a cabeça do homem, já que a valeta não era totalmente visível do telhado. Mas ela via suas pernas fora da água.

Muness fechou os olhos e curvou-se para frente. Cinco segundos depois ela era um desenho decorativo no chão. Seus olhos estavam abertos e ela olhava para o azul lá em cima.

Segunda parte

Renascimento e segunda morte

Inicialmente Muness tinha morrido. É possível que ela de fato pensasse que estava morta. Durante algum tempo permaneceu deitada de costas com os olhos muito abertos. Gradualmente o azul do céu ficou preto e suas lágrimas começaram a

---

* De acordo com a doutrina islâmica, as meninas de nove anos já podem se casar. Daí a importância de, aos oito anos, lembrar a elas a importância da virgindade. (N. T.)

gotejar no chão. Então ela ergueu a mão direita e esfregou os olhos. Depois se levantou. Todo o seu corpo se sentia esmagado e absolutamente exausto.

Um homem estava caído na sarjeta do outro lado da rua, com as pernas estiradas. Levada por um impulso, Muness caminhou na direção dele. O homem também olhava para o céu com olhos bem abertos.

– O senhor está bem? – perguntou ela.

– Estou morto – respondeu o homem.

– Eu posso fazer alguma coisa pelo senhor?

– O melhor que a senhora faz é ir embora, porque aqui pode se meter em encrenca.

– Por quê?

– A senhora não está ouvindo o tumulto? Estão ajustando contas.

– Então o que é que o senhor está fazendo aqui? – perguntou Muness.

– Cara senhora, eu já lhe disse: estou morto!

– Mas se eu o levar para casa e cuidar muito bem do senhor, talvez o senhor se recupere.

– Não, acho que não. Acabou. Um francês uma vez escreveu um roteiro para um filme que se chamava *Les jeux sont faits*. Eu estou exatamente nesse ponto. "O jogo acabou."

Muness estava muito penalizada.

– De qualquer forma, talvez... – disse ela.

O homem ficou realmente nervoso e gritou:

– Estou lhe dizendo para ir embora! Qual é o problema com a senhora?

Assim, Muness se afastou e caminhou pelas ruas durante um mês inteiro. Nos primeiros dias as ruas estavam abarrotadas de gente e as pessoas se ocupavam espancando e matando umas às outras. Com o passar do tempo, a cidade foi ficando deserta. Algumas pessoas voltaram para casa, onde se puseram a pensar, a se lamentar e a beber vodca e a se injetar heroína. Outras foram para a prisão. E ainda outras estavam felizes, participando de muitos banquetes e festas, rindo e bebendo uísque e vinho ou fumando ópio.

Claro que a moça meio velha não participava dessas comemorações, mas nas ruas ouvia a alegria das pessoas que estavam do outro lado das janelas. De noite ninguém podia sair, pois havia toque de recolher e os policiais exigiam uma senha. Muness acabou indo parar na frente das livrarias próximas à universidade. Nos primeiros dias ela apenas olhava timidamente para a capa dos livros, sem se permitir ler os títulos. Mas aos poucos venceu os seus temores e começou a ler também os títulos. Finalmente, certo dia, o título de um livro chamou a sua atenção; o livro não estava numa livraria, e sim entre os livros de um sebo ambulante. Seu título era *O segredo da satisfação sexual, ou Como conhecer seu corpo*.

Durante os doze dias que se seguiram, Muness passava pela mesa do ambulante e olhava para o título do livro. No décimo terceiro dia ela finalmente reuniu coragem suficiente para se aproximar da mesa.

– Quanto custa este?

– Cinco *tomans*.

Ela comprou o livro. Foi para uma rua menos movimentada, sentou-se à sombra de uma árvore e começou a lê-lo. Leu de A a Z, depois o leu uma segunda e uma terceira vez. Levou nisso três dias.

No terceiro dia, ela ergueu a cabeça. Agora a sua compreensão das árvores, do sol e da rua era diferente. Ela havia crescido.

Muness atirou o livro na sarjeta e foi para casa.

Chegou lá quando o sol se punha. Alieh abriu a porta. Ao vê-la, gritou e desmoronou no chão. A solteirona ajudou-a a se levantar e perguntou:

– Qual é o problema, Alieh querida?

Refazendo-se um pouco, a mulher disse:

– Minha querida menina, você nos deixou louca. Durante um mês os seus pais e seu irmão ficaram de um lado para outro procurando você. Nas montanhas, no deserto, por toda parte. À noite eles derramam sangue, em vez de lágrimas. Onde é que você estava e que diabos andou fazendo?

Muness não respondeu. Apenas balançou a cabeça e sorriu filosoficamente. Por fim, disse:

– Alieh, minha querida, eu não sou mais a velha Muness que você conhecia. Agora sei uma porção de coisas.

Então ela foi para a sala, calmamente e com certa dignidade. Sentou-se pensativa num canto. Quinze minutos depois, Amir Khan chegou, parecendo desalinhado e agitado. Muness estava sentada no fundo da sala e ele, muito pálido, gritou do vão da porta:

– Sem-vergonha! Por onde foi que você andou?

A solteirona sorria bondosamente. Não via razão para ter raiva. Ela própria não estava com raiva nem surpresa.

– Você desonrou a família. Todo mundo no bairro sabe que você se perdeu.

– Amir, eu só fui dar uma voltinha, com a sua permissão.

– Eu já lhe disse, sua vaca sem-vergonha, que quando tem tumulto na rua você não pode sair para passear.

Então Amir Khan tirou o cinto e desabou sobre Muness. Claro que a moça velha não sabia por que estava levando uma surra. Ela recebeu os açoites durante algum tempo, totalmente perplexa.

– Por que você está me batendo, Amir Khan? – perguntou ela finalmente. – Você está doente?

Ao ouvir isso, Amir Khan ficou furioso. Pegou na mesa de jantar a faca das frutas e cravou-a no coração de Muness.

Com um suspiro breve, a solteirona disse adeus à vida pela segunda vez.

Terceira parte
Renascimento

Ouvindo os barulhos e a gritaria, Alieh correu para a sala. Ao ver o corpo ensanguentado de Muness e na mão direita de Amir Khan uma faca cheia de sangue, deu um grito e desmoronou inconsciente no chão. O próprio Amir Khan estava aturdido e amedrontado. Olhou por um momento para a faca e a pôs na ponta da mesa. Mas mudou de ideia novamente: pegou a faca, com um lenço que tirou do bolso limpou as marcas de dedos que havia no punho e depois a recolocou na mesa.

Nesse exato momento a campainha tocou. Amir Khan foi até a porta e a abriu. Eram seus pais.

– Fomos a três distritos policiais. Ainda não encontraram Muness.

O casal entrou na sala. Primeiro viu no chão o corpo de Alieh e depois o de Muness. Atônitos, eles olharam um para o outro por um instante. Depois gritaram e desmaiaram. Assim, Amir Khan estava ali com quatro corpos inertes.

– Ah, meu Deus! O que vou fazer? – perguntou-se ele.

Sentando-se na beirada da cadeira, ele ficou olhando o quadro desconcertante. Finalmente, tendo chegado ao seu limite de tolerância, desatou a chorar. Limpou o rosto com o lenço e percebeu horrorizado que o lenço estava cheio de sangue – ele havia espalhado sangue por todo o rosto.

Então jogou na mesa o lenço com um gesto trêmulo – o tremor começava a tomar conta de todo o seu corpo – e olhou para as quatro pessoas estiradas no chão. Nenhum daqueles corpos insensíveis tinha intenção de voltar à consciência. A responsabilidade por tudo aquilo recaía claramente sobre ele.

A campainha tocou.

O coração de Amir Khan batia alto como o grande relógio antigo da casa. Ele se levantou dizendo:

– Que Deus me ajude!

A notícia do desaparecimento de Muness tinha sido comunicada a tantos distritos policiais que pelo menos cinco policiais tocavam a campainha da casa todo dia.

Amir Khan foi até a porta e a abriu com um empurrão, pretendendo resolver o assunto de uma vez por todas. Era Fa'ezeh. Ainda sem ver direito o rosto de Amir Khan, por causa da escuridão, ela o cumprimentou:

– Olá!

Só depois viu seu rosto.

– Ah, meu Deus! – gritou ela e se recostou na parede.

– Pelo amor de Deus – disse Amir Khan –, não vá você desmaiar também!

Fa'ezeh, embora ainda parecendo aterrorizada com o rosto de Amir Khan, balbuciou:

– Estou aqui para saber notícia da Muness.

Amir Khan apontou com o dedo a porta da sala. Fa'ezeh se dirigiu para a sala e abriu a porta. Voltou de lá muito pálida e perguntou:

– Você matou os quatro?

– Não. Só a Muness.

– E o que é que você vai fazer agora?

– Não sei – ao dizer isso, Amir Khan deslizou pela parede como uma baratinha desprezível, acocorou-se no chão e rompeu em soluços. Então Fa'ezeh sentiu que finalmente a roda da fortuna a havia levado para o caminho dourado da vida. Tirou o xador, lançou-o num canto e se agachou ao lado de Amir Khan.

– Homem, você não tem vergonha? De que adianta chorar? Afinal de contas, você é irmão dela; tem de pensar na honra da família... Você matou sua irmã? Então fez o que tinha de ser feito. Porque uma moça que desaparece por um mês inteiro está morta, de qualquer maneira! Uma moça não deve fazer essas coisas. Você agiu mais do que certo. Muito bem! Se estivesse no seu lugar, eu teria feito exatamente isso. Você é o verdadeiro e digno filho do seu pai.

Enquanto dizia isso, ela tirou um lenço de debaixo do decote e o entregou a Amir Khan para que ele enxugasse o rosto.

Além de acalmar seu nariz, ele precisava de palavras de encorajamento, e estas lhe haviam chegado por acaso como um mensageiro de Deus. Mas, ao mesmo tempo, ele pensava em como era feio uma mulher se agachar no chão ou ter um lenço junto ao seio. Pois, na verdade, a moça se agachava de um jeito que deixava à mostra sua calcinha. Passou pela cabeça de Amir Khan a ideia de que, se ela fosse sua irmã, ele a teria matado também, livrando-se dela do mesmo modo como se livrara da outra. Mas claro que ela não era sua irmã nem estava sob a sua responsabilidade. Além do mais, consolava-o num momento muito crítico. Assim, com um suspiro, ele perguntou:

– O que é que nós vamos fazer?

– A coisa não é tão complicada, meu amigo. A pobre coitada estava desaparecida há um mês, não estava?

– Estava.

– Então, ótimo, vamos enterrá-la no jardim. Ninguém vai descobrir isto. Nestes últimos dias, muita gente desapareceu e os parentes dessas pessoas não dão sossego aos policiais. Você nunca será investigado pelas autoridades!

Amir Khan achou muito razoável tudo o que ela disse. Assentiu com a cabeça e os dois foram para o jardim. No escuro, cavaram a terra com uma picareta e uma pá, fazendo um buraco de uns setenta e cinco centímetros de profundidade. Então voltaram para a casa.

Alieh e os pais de Amir Khan ainda estavam desacordados. A mulher e o homem levantaram o cadáver de Muness segurando-o pela cabeça e pelos pés, para carregá-la até o jardim; puseram-na dentro do buraco e a cobriram com terra, que depois eles comprimiram socando com as costas da pá até o chão ficar duro e compacto.

Então voltaram para a sala e começaram a limpar o sangue, eliminando todos os indícios do crime.

Depois disso, Alieh e os pais foram lentamente voltando a si. Os três, graças ao profundo choque psicológico, não lembravam nada do que havia acontecido nas últimas duas ou três horas.

Somente Alieh tinha uma vaga lembrança de haver visto um cadáver. Mas, evidentemente, sendo apenas uma empregada analfabeta, não ousava mencionar isso, sobretudo porque corria um boato de que Muness tinha uma sósia fantasma, ou fantasma gêmea. Todos os vizinhos haviam "visto" no meio da noite esse fantasma caminhando no terraço da casa. Também o viram abrir, por curiosidade, todos os cortinados* e olhar indiscretamente para as pessoas que estavam dormindo, adormecendo ou despertas. Assim, Alieh fechou a boca e nada disse.

A mãe de Amir Khan ficou felicíssima ao ver Fa'ezeh.

– Minha querida – exclamou ela –, como é que você está? Será que nós somos mesmo amigas ou não passamos de meras conhecidas?

– Ah, a senhora está exagerando – respondeu Fa'ezeh. – Eu sempre estou por aqui importunando a senhora.

– Ora, meu bem, que bobagem é essa de importunar?

– Só dei um pulo para saber se vocês têm notícia da Muness, para ver se ela foi ou não encontrada.

A mãe de Amir Khan suspirou e disse:

– Não, meu amor. Ainda não encontraram a minha filha. Coitadinha! Mas, se Deus quiser, vão acabar encontrando.

– Então eu estou indo – disse Fa'ezeh. – Quando ela aparecer, por favor, mandem me avisar imediatamente.

– Você acha que vai saindo assim? – protestou a mãe de Muness. – Nada disso! Vai jantar conosco. Alieh, já para a cozinha!

– Por favor, eu não quero tomar o seu tempo.

– De jeito nenhum, minha querida. Não vou deixar que você vá agora.

---

* Durante o verão muitos iranianos costumam dormir na cobertura da casa, dentro de cortinados que os protegem das moscas. (N. T.)

Assim, Fa'ezeh ficou para jantar e Alieh foi para a cozinha. Quando preparava uma refeição, Alieh tinha o costume de cantar quadras *luri**, dando, de quando em quando, um gemido prolongado. Seu canto dizia que, se fosse capaz de escrever, ela pegaria uma caneta e escreveria uma carta para o seu amado distante, descrevendo as coisas que via e das quais não podia falar.

Finalmente eles jantaram. Depois do jantar, Amir Khan se ofereceu para levar Fa'ezeh de volta para casa. Durante a caminhada ele estava mais tranquilo, o que incentivou a moça a tomar sua mão e acariciá-la. Por fim, ela esqueceu toda a cautela e arriscou:

– Agora, depois do que aconteceu, você deve se casar o mais rápido possível. Assim, as pessoas se esquecerão da Muness; e, além disso, você precisa de uma mulher que seja sua amiga íntima e tome conta de você.

Amir Khan respondeu:
– Você tem toda a razão.

Alguns dias depois, Amir Khan disse para sua mãe:
– Mamãe!
– Sim, meu amor.

Amir Khan estava sentado na beirada da cadeira, um tanto agitado.

– A modéstia e a timidez me impedem de falar abertamente de certas questões – começou ele –, mas há bastante tempo venho pensando muito no assunto e finalmente cheguei à conclusão de que preciso de uma mulher, uma mulher que seja

---
* Pertencente a uma região tribal, a tribo *luri*, do Centro-Oeste do Irã. (N. T.)

minha amiga íntima e também tome conta de mim. Por isso, resolvi me casar.

– Que maravilha! – exclamou a mãe de Amir Khan. – Essa é a melhor notícia que você poderia me dar. Claro, sua irmã ainda não foi encontrada e seria bem melhor se ela estivesse aqui participando desse acontecimento que me deixa tão alegre. Mas o que se há de fazer? De qualquer forma, quando é que você pretende se casar, se Deus permitir?

Amir Khan tossiu timidamente e respondeu:

– Primeiro nós precisamos pedir a mão dela, evidentemente.

A mãe, um tanto surpresa, perguntou:

– Você não vai se casar com Fa'ezeh?

– Não, mamãe! – interrompeu Amir Khan. – Eu pretendo me casar com a filha de Hajji Mohammad Sorkhtchehreh. Ela tem dezoito anos, é lindíssima, recatada, retraída, bondosa, inteligente, trabalhadeira, virtuosa, piedosa, modesta, graciosa e absolutamente correta e decente. Sempre usa o xador e anda na rua com olhos baixos, corando o tempo todo. Eu gostaria que a senhora fosse boazinha e pedisse a mão dela no meu nome.

– Meu querido Amir – disse a mãe –, na verdade você é dois anos mais velho que a sua irmã desaparecida e já passou há muito dos quarenta. Se não se casou até agora, era porque queria proteger a sua irmã e cuidar dela. Mas por que, com a sua idade, você quer se casar com uma moça de dezoito anos? Desde que o mundo é mundo se diz que uma esposa jovem faz as delícias dos vizinhos. Você tem consciência de que isso pode levar a todos os tipos de escândalos e desgraça?

Amir Khan refletiu um pouco e depois respondeu:

– Minha querida mãe, a senhora sabe que desde que o mundo é mundo também se diz que uma mulher de mais de vinte anos não vale nem meio centavo. Por isso eu escolhi uma moça de menos de vinte. Além disso, pela compostura dessa moça se vê que ela nunca será imoral ou perversa. Por isso eu lhe peço: ponha o seu melhor vestido e vá pedir a mão dela para mim.

Naquela mesma tarde, vestindo a sua melhor roupa de festa e um xador, a mãe de Amir Khan foi com ele fazer o pedido de casamento. Todos se cumprimentaram. E a moça, extremamente tímida, levou o chá*.

Ela usava um lenço apertado que lhe cobria o cabelo e tinha as pernas ocultas por um par de meias. Passou o chá para os convidados. A mãe aprovou a noiva. A noiva aprovou a mãe. A família do noivo aprovou a família da noiva e a família da noiva aprovou a família do noivo. Marcaram a data do casamento para a quarta-feira seguinte, porque estavam às vésperas de um período de luto religioso que obrigaria a um atraso de mais ou menos dois meses. O acordo do casamento** foi fixado em quinze mil *tomans*, e concordaram que Amir Khan levaria os castiçais e o espelho*** à casa de Hajji, onde ocorreria a cerimônia, pois seu jardim era muito espaçoso e agradável.

A mãe e o filho voltaram para casa muito felizes. Contaram a Alieh o que havia acontecido. Alieh balançou a cabeça com

---

* Nessas ocasiões é costume no Irã a noiva levar o chá, para que o pretendente e/ou seus pais possam inspecioná-la de perto, embora por um breve momento. (N. T.)

** No casamento persa os dois lados entram antes num acordo quanto à pensão que será paga. (N. T.)

*** No Irã é costume o noivo presentear a noiva no dia do casamento com um par de castiçais e um espelho. (N. T.)

ar de sabedoria e sorriu filosoficamente. Então, aproveitou a primeira oportunidade para pôr o xador e ir à casa de Fa'ezeh contar a ela o que tinha acontecido.

Ao tomar conhecimento da notícia, a moça velha passou algum tempo batendo a cabeça contra a parede. Depois deu um soco na janela, quebrando a vidraça e cortando a mão. Então, seguindo o conselho de Alieh, pôs o xador e as duas rumaram para o Santuário do Xá Abdol-Azim*. Ali prometeram acender doze velas e sacrificar um belo cordeiro gorducho caso o casamento não se realizasse. Em seguida, elas foram a Darvazeh Ghar** para ir ter com Mirza Manaqebi a fim de lhe encomendar um feitiço que matava. Dali se dirigiram à aldeia de Evin para visitar a adivinha Khanom Baji, uma boa mulher que tinha um livro velho em que estava revelado o que ia acontecer às pessoas. Ela deu uma boa olhada em Fa'ezeh, abriu o livro e disse:

– Aquela cuja sorte está sendo revelada é uma moça de altura média que não é nem gorda nem magra, tem pele escura mas bonita, rosto quadrado, com olhos miúdos e lábios vermelho-escuros.

Fa'ezeh espantou-se, porque o que estava escrito no livro era muito preciso.

Khanom Baji continuou:

– Ela está sofrendo e o sofrimento é causado pelo amor. Que Deus a perdoe!

Fa'ezeh meneou a cabeça enfaticamente. Naquele momento, ela amou Khanom Baji tanto quanto amava sua mãe.

---

* Santuário que fica perto de Teerã. (N. T.)

** Bairro pobre de Teerã. (N. T.)

– Para superar esse amor – prosseguiu a minúscula mulher –, a moça deve andar descalça à noite, sete passos na direção de Meca e sete passos na direção oposta. A cada passo ela deve pedir a Deus: "Livre-me da tentação de Satã!". Então, ela deve lavar os pés, que devem ficar para fora das cobertas quando ela for dormir.

– Mas, querida Khanom Baji, eu estou apaixonada – implorou Fa'ezeh – e quero consumar esse amor. Me dê um amuleto ou o que quer que seja para que esse homem mude de ideia e me ame.

Khanom Baji, que era uma mulher muito velha, sorriu e disse:

– Minha querida, não se pode forçar uma pessoa a amar alguém. Tudo o que você tem de fazer é lutar contra o seu próprio amor. Já disseram muito bem que "Feliz é o amor que pode ser mútuo; complicado é o amor unilateral".

Exasperada e furiosa, Fa'ezeh deixou a sessão de Khanom Baji, atirando no tapete apenas uma moeda de cinco rials. Quando a moça saiu, a velha deu uma risadinha, levantou-se, pegou a moeda e introduziu-a cuidadosamente num porquinho que fazia as vezes de cofre. Estava economizando moeda por moeda para ter o dinheiro do dote de sua neta.

Fa'ezeh andou sem parar durante sete dias e sete noites, lamentando-se e chorando. Pensou em ir à polícia e comunicar que Amir Khan havia assassinado Muness. Pensou até em matá-lo, do mesmo modo como ele havia matado Muness. Mil planos desse tipo passaram-lhe pela cabeça, mas nenhum deles lhe agradou. Finalmente, ela resolveu que na véspera do casamento enterraria o feitiço de Mirza Manaqebi junto do túmulo de Muness, para que a força do mal que nele havia e o sangue de Muness destruíssem Amir Khan.

Na noite do casamento, Fa'ezeh foi à casa de Amir Khan. Isso foi arranjado com a ajuda de Alieh. Antes de ir para o casamento na casa de Hajji, Alieh – que, embora não dissesse isso a ninguém, desconfiava do assassinato da moça – havia deixado Fa'ezeh entrar com o feitiço. Indo diretamente para o túmulo, Fa'ezeh começou a cavar. Mas uma voz paralisou seu corpo. Era a voz de Muness.

Ela sussurrou:

– Fa'ezeh, minha querida! – como se falasse do fundo de um poço.

Fa'ezeh engoliu com dificuldade. Apertou a mão contra o coração para contê-lo dentro do peito. Conseguiu dominar-se um pouco, mas então a voz falou novamente:

– Fa'ezeh, querida! Eu não consigo respirar.

Fa'ezeh não disse palavra. A voz continuou:

– Estou com fome. Estou morrendo de sede. Já tem muito tempo que não recebo comida nem água!

Fa'ezeh começou a cavar freneticamente com as mãos e as unhas. Cavou e cavou até o rosto redondo de Muness aparecer. Então a moça abriu lentamente os olhos.

– Minha irmãzinha, meu amor, me dê um pouco de água! – implorou ela.

Com as mãos em concha, Fa'ezeh buscou água no poço e despejou-a no rosto de Muness. Depois continuou cavando a toda pressa, parando apenas quando ela ficou totalmente descoberta. Mas Muness estava tão fraca que não conseguia se mexer. Fa'ezeh ergueu-a e começou a tirar a terra da sua própria roupa, enquanto a moça cambaleava até a cozinha. Fa'ezeh começou a ficar com medo e não sabia o que fazer. Cautelosamente, ela também entrou na cozinha. Encontrou Muness, ainda coberta de terra, enchendo a boca de mãozadas de arroz que encontrara numa panela tirada da geladeira. Estava grunhindo, com os olhos revirando nas órbitas e terríveis lampejos de sorriso em seu rosto.

Enquanto comia, ela bufava e rugia como uma leoa separada dos seus filhotes. Finalmente, tendo devorado metade do arroz, cambaleou de volta para o jardim. Com a fome bastante aliviada, foi até a bomba de água e segurou sob ela um balde. Encheu-o com a água contaminada do reservatório subterrâneo e bebeu tudo sem tomar fôlego.

Ficou parada por um momento e, então, tirou as roupas bufando, entrou no poço imundo e começou a se lavar.

Fa'ezeh correu até o quarto da moça, que fora deixado exatamente como era antes. Puxou as gavetas da cômoda, tirou de lá algumas peças de lingerie e outras roupas, e uma toalha. Correu para o jardim. Muness pegou a toalha e se secou ruidosamente. Depois vestiu as roupas no meio do jardim e foi para a sala. Sentou-se no seu lugar costumeiro, perto do rádio. Fa'ezeh, morrendo de medo, também entrou e se sentou num canto diante dela.

Num tom muito sério, Muness começou a falar:

– Então você deu uma mãozinha para o meu irmão quando ele me matou, hem? Sua sem-vergonha, vaca desgraçada!

Fa'ezeh fez uma exposição gaguejante do que havia acontecido. Mas se tivesse falado para uma parede o efeito teria sido o mesmo.

– Durante toda a sua vida – Muness voltou a falar –, você sempre achou que, como tenho rosto redondo, eu sou uma idiota, uma toupeira... Não é mesmo?

– Ora, Muness! Quem é que iria pensar uma coisa dessas?

– Você, sua infame!

– Juro pela Meca de Mohammad que nunca pensei uma coisa dessa.

– Não adianta mentir sobre isso. Agora eu leio a mente das pessoas. Você não só pensou que o meu rosto é redondo e por isso eu sou burra como também pensou que podia tirar proveito disso e se tornar mulher do meu irmão. É ou não é?

– Juro pelos Cinco...

– Cale a boca! Não jure em vão!

Fa'ezeh se calou de fato, e Muness continuou:

– Agora dê uma olhada! Meu rosto não só não é redondo como é fino e comprido.

Fa'ezeh olhou para ela espantada. De fato, o rosto de Muness tinha se tornado comprido, tão comprido como uma cara de cavalo. Fa'ezeh estava numa convulsão psicológica. Sentia-se como se febril. Gostaria de estar paralisada, surda ou cega, para não ver nem ouvir aquilo.

Mas Muness não parava:

– Além disso, não só o meu rosto está comprido: também as minhas pupilas são compridas.

Fa'ezeh olhou. Mais uma vez a moça velha tinha razão, pois suas pupilas eram compridas.

Muness prosseguiu:

– E mais: não somente as minhas pupilas são compridas como também elas são vermelhas.

Fa'ezeh viu que ela falava a verdade. As pupilas de Muness eram de fato compridas e vermelhas. Ela pensou: "Claro que ela também tem cascos!".

Fa'ezeh estava quase desmaiando, mas Muness não deixou que isto acontecesse.

– Pare de representar! – ordenou ela. – Você tem uma coisa desprezível entranhada na sua natureza. Mas, apesar disso, eu resolvi viver com você agora, porque vou deixar esta casa. Quero criar uma sociedade, uma sociedade contra irmãos, para que eles não possam mais matar suas irmãs. No entanto, eu não sou tão má assim, de verdade. Fique ciente disto: qualquer pensamento sórdido que passar pela sua cabecinha tonta eu vou saber imediatamente. Entendeu?

– Claro, claro.

– Na casa da minha avozinha, que Deus a tenha – continuou Muness –, havia um gato que, por acidente, ficou preso durante vinte e quatro horas dentro de um armário. Quando descobriram isto o bichinho parecia fino e comprido como um livro. Então ele comeu tanto que explodiu e morreu. Quando eu saí de debaixo da terra me senti como aquele gato, e acho que naquele exato momento a alma do coitado do gato transmigrou para a minha.

Fa'ezeh disse:

– Claro, minha senhora, a senhora se expressa bem, efetivamente. Seu rosto tende a se assemelhar às feições de um cavalo e seus olhos de fato se parecem com os de um gato.

– Por que é que você fala como um livro? – perguntou Muness. – Nós éramos amigas até algumas semanas atrás, embora você achasse que eu fosse uma burra. Mas, de qualquer forma, éramos amigas. Por isso fale como se deve falar!

– Como você quiser.

– E tem mais: eu também li o livro de "Homens e mulheres". De agora em diante você não pode mais achar que sabe mais que eu... Entendeu?

– Entendi.

– E, aliás, ponha isto na sua cabeça, também: Parvin cozinha melhor que você. E essa é a minha opinião pessoal. Você me entende?

– Entendo.

Claro que Fa'ezeh engoliu a raiva, que lhe desceu pela garganta lentamente apenas para ficar colada ao seu coração como uma ferida incômoda. Mas Muness, que antes tinha um rosto redondo e era essencialmente uma moça boa e simples, acrescentou:

– Claro, a sua cozinha não é ruim. Só que a dela é melhor.

Então Fa'ezeh perguntou:

– E o que é que nós vamos fazer agora?

– Vamos ficar aqui até os noivos voltarem.

Algumas horas depois todos os membros da família voltaram para casa, acompanhados dos pais da noiva e de alguns convidados mais íntimos. Gritavam muito, fazendo uma terrível balbúrdia. A noiva envergonhada foi levada com muitas lisonjas para o quarto nupcial. Depois levaram para lá também o noivo, totalmente bêbado e quase incapaz de ficar de pé.

Então Alieh engasgou e desmoronou no chão, pois tinha visto Muness. A solteirona estava de pé calmamente no corredor, olhando o grupo.

– Quem é essa senhora? – perguntou Hajji Sorkhtchehreh.

Aterrorizada, a mãe respondeu:

– Muness, a minha filha.

Muness, contudo, não disse nada. Abriu caminho entre as pessoas e arremessou-se para o quarto dos noivos. Empurrou com tanta força a porta que, mesmo trancada por dentro, ela se abriu como uma portinha de casa de bonecas. Ela entrou. Amir Khan, bêbado demais, estava tirando a roupa. A moça, que era a personificação da timidez, estava se despindo de frente para a parede. Com o estrondo da porta, ambos se viraram. A moça se surpreendeu, mas Amir Khan ficou olhando como um cadáver, apavorado e pálido. Muness, novamente com o rosto e as pupilas muito lindos e alongados, disse:

– Não vá começar a representar; não estou com disposição para comédias. Venha para a frente como um bom rapaz!

Como um cordeiro, Amir avançou. Então, ela indagou:

– Por que é que você está tão bêbado, infeliz?

– Eu... não sei... nada.

– Você se casou com uma moça de dezoito anos para ter uma mulher virtuosa e cordata?

– É... isso mesmo.

Virando-se para a moça, Muness perguntou-lhe:

– E você? No ano passado você não ficou grávida do seu primo em primeiro grau e não passou pelo bisturi daquela Fatemi para se livrar da criança?

A moça estava prestes a desmaiar quando Muness a fez reanimar-se, dizendo:

– Não adianta representar para mim. Foi por sugestão dessa mesma Fatemi que você fez o idiota do meu irmão se embebedar na sua noite de núpcias.

Depois, voltando-se novamente para Amir Khan, ela advertiu:

– Quanto a você, seu canalha, você está obrigado a tolerá-la como sua mulher. Se você simplesmente erguer um dedo contra ela ou feri-la de algum modo, eu vou aparecer aqui e engolir você imediatamente... Entendeu?

Amir Khan meneou a cabeça como uma cabra. A noiva e o noivo estavam de pé, aterrorizados, diante de Muness.

– Eu vou morar com a Fa'ezeh – disse ela. – Essa pelo menos é virgem, apesar dos ares que assumia. Essa aí não é, e é exatamente isso que um idiota como você merece. Mas, como eu disse, se você bater nela, vou lhe dar uma lição que, pelo resto dos seus dias, você não vai esquecer.

Então, Muness saiu do quarto. Amir Khan, estupefato e em frangalhos, olhava para a sua jovem noiva. Sentou-se na cama e desatou a chorar, dizendo sem parar:

– Que destino, que triste sina!

Lamentava e chorava. Mas a jovem noiva voltou a trancar a porta por dentro.

Muness foi para a sala. Alieh havia voltado a si e estava observando os outros. Hajji Sorkhtchehreh queria saber por que a cunhada não tinha ido ao casamento. Mas a mãe não podia interrogar Muness em público. Além disso, ela agora tinha medo da filha, embora sentisse isso apenas de um modo vago.

Então Muness disse para Fa'ezeh:

– Levante-se, vamos para Karadj.

Alieh gritou:

– Pelo amor de Deus, me leve com você!

Muness respondeu apenas:

– Depois, depois.

Espantadas, as pessoas ficaram de pé em silêncio. As moças passaram no meio delas, abriram a porta e desapareceram na escuridão da noite.

A sra. Farrokh-laga Sadr-O-Divan Golchehreh

Farrokh-laga, já nos seus cinquenta e um anos, mas linda e bem-vestida como sempre, balançava-se numa cadeira americana da varanda. Era meados da primavera e a fragrância dos limoeiros enchia a casa. De quando em quando ela fechava os olhos e sentia o cheiro dominar toda a sua consciência. Se seu pai estivesse ali, pensou ela, certamente ele estaria acocorado no canto do jardim, renovando a terra dos vasos de gerânio. Seu pai tinha morrido anos antes, mas para ela parecia que havia sido no dia anterior. Dois dias antes de morrer, ele lhe dissera:

– Cuidado, minha filha, eu não tenho muita confiança nesse homem.

Disse isso e dois dias depois morreu. Por um momento, Farrokh-laga deixou de se importar com o cheiro dos limoeiros; a lembrança do pai era tão vívida e forte em sua mente que sobrepujava tudo o mais. Involuntariamente, ela cobriu o rosto com a mão direita como se quisesse afastar a lembrança do morto, pois sempre ficava triste quando pensava no seu pai. Golchehreh estava de pé no quarto diante de um espelho enorme, dando o nó na gravata. O espelho refletia parte do jardim e da varanda, e também parte de Farrokh-laga, que se balançava suavemente na cadeira enquanto pensava. Golchehreh havia meia hora estava fazendo o que costumava fazer em apenas dois minutos, só para observar discretamente o comportamento de sua mulher. Não queria encará-la de frente, olho no olho. Sempre que eles ficavam um diante do outro, Golchehreh só era capaz de mostrar seu sorriso sarcástico. Não podia evitar isso. Não tinha ideia da razão pela qual seu coração se enchia de aversão e ódio sempre que ele a olhava diretamente. Pelo contrário, quando estava longe dela ou, como agora, a via pelo espelho, ele a amava realmente – mais que qualquer coisa ou qualquer outra pessoa no mundo. Mas, logo que tinha de encará-la diretamente, o mesmo ódio antigo reaparecia; aquele sentimento já durava uns trinta anos.

Farrokh-laga queria se espichar. Estendeu os braços displicentemente, curvou o corpo e esticou os músculos até chegar a uma posição prazerosa. De repente, ela pensou em Vivien Leigh no filme *E o vento levou*. A atriz também tinha se espichado daquele modo numa cena de cama. Com a lembrança de Vivien Leigh vieram, como sempre, lembranças de Fakhredin Azod – reminiscências do primeiro encontro deles na festa do príncipe em Shemiran. Fakhredin acabara de chegar dos Estados Unidos e trouxera consigo alguns filmes e fotos que havia feito por lá. Estava mostrando essas fotos, inclusive algumas de Nova York que Farrokh-laga achou incríveis. Desde então ela havia ido três vezes a Nova York, mas nunca vira a Nova York que descobrira naquelas fotos. Ela achava que isso era culpa de Golchehreh. Se tivesse ido lá com Fakhredin, certamente teria visto aquela mesma Nova York incrível. Mas não com aquele ali – um tipo que não era capaz de lhe mostrar *aquela* Nova York. Sua rotina era descer ao restaurante do hotel às nove horas e tomar o café da manhã, depois passar do restaurante para o salão e desmoronar num sofá, às vezes até mesmo cochilando um pouco, até Entezami chegar para levá-los a um restaurante, ao cinema ou a um cabaré.

Golchehreh finalmente havia terminado de dar o laço na gravata e agora estava procurando outro pretexto para continuar se demorando diante do espelho. Ocorreu-lhe que, se fosse se barbear, teria um pretexto para ficar mais meia hora ali. Foi até o banheiro, encheu de água quente uma tigela e voltou ao quarto com o pincel de barbear, o creme e uma toalha que o envolvia como um avental. Então, começou a se barbear.

Farrokh-laga esperava pacientemente Golchehreh terminar a tarefa e sair de casa. Na verdade, desde que se aposentara, Golchehreh tinha adquirido o hábito de sair para um passeio, que normalmente durava algumas horas, durante o qual lia o jornal num bar ou tomava um café antes de voltar para casa. Todo dia ela esperava calmamente a sua saída para poder voltar à vida e se movimentar à vontade. Com Golchehreh em casa ela se sentia sem ânimo para agir e por isso era obrigada a se encolher num canto. Tinha um hábito de inércia que já durava trinta e dois anos, e a imobilidade descia de repente sobre ela. Tudo o que ela sabia – e seu conhecimento era instintivo – era que, com a partida de Golchehreh, o movimento e a alegria voltariam. Nos velhos tempos, havia mais alegria: ele trabalhava pelo menos oito horas por dia, embora voltasse para casa para comer alguma coisa ou cochilar um pouco. Nessa época, Farrokh-laga era mais ativa e amável. Até mesmo cantava de vez em quando. Mas, desde a aposentadoria do marido, ela fora privada dessa alegria. Agora o homem não somente ficava em casa a maior parte do tempo, como também era um aborrecimento. Nem mesmo lhe ocorria manter-se ocupado cuidando dos vasos, corrigindo a disposição das trepadeiras ou tratando de trocar o espelho da sala de entrada, que estava quebrado. Ficava de pijama quase todo o tempo, recostado em algum lugar: no sofá, na poltrona, no chão, dormindo e, de quando em quando, irritando Farrokh-laga com suas piadas medíocres e sempre repetidas.

– Você podia se barbear na frente da pia – disse ela. – Agora o tapete vai ficar todo molhado.

O coração de Golchehreh saltou de alegria enquanto ele torcia na tigela o pincel de barbear.

– Vocês, mulheres – disse ele –, é bem melhor quando ficam de boca fechada!

Farrokh-laga mordeu o lábio e virou o rosto para o jardim. Não estava disposta a responder, embora as palavras, num rompante explosivo, estivessem reverberando na sua cabeça em busca de uma vazão. Mas ela continuou calada. Mais uma vez Fakhredin Azod lhe veio à mente. Nessas ocasiões, ele sempre vinha salvá-la.

Naquela noite, a noite em que eles se encontraram, Farrokh-laga estava de pé sob a acácia e Fakhredin viera por trás dela e se pusera do seu lado.

– Vivien Leigh! – ela o ouvira dizer.

Farrokh-laga tinha se virado. Ele a fitara atentamente. Ela ainda se lembrava daqueles lábios viris. Mais tarde os beijara muitas vezes, mas a primeira impressão, naquela noite... Aqueles lábios grossos, rígidos, que se comprimiam um contra o outro como se para ocultar o brilho dos dentes alvíssimos.

– Quem? Eu? – perguntou ela.

– Sim, você, a linda irmã mais nova de Vivien Leigh. Tanta semelhança é simplesmente inacreditável.

Ela havia querido virar a cabeça sobre o ombro esquerdo e olhar para ele com o canto dos olhos – um maneirismo herdado de sua mãe. Farrokh-laga tinha consciência do encanto desse gesto. Mas sua cabeça mal havia começado a virar quando o pânico se manifestou. Ela parecia um pardal assustado, e os lábios de Fakhredin se abriram num sorriso:

– Acredite, Farrokh, você fica mais bonita com o passar do tempo. Como é possível isso?

O nervosismo ainda estava presente, mas a autoconfiança também despontava. Ela havia virado a cabeça sobre o ombro esquerdo e, olhando de viés, exclamou:

– Mas você não me vê há dez anos!

– Eu não a vejo? – protestou ele. – Como é que você pode dizer que eu não a vejo?

– Onde foi que me viu?

– Aqui, bem aqui – disse Fakhredin, batendo várias vezes a mão no coração. – Por que você se casou?

– E não era para me casar?

– Era?

Ela estava perplexa. Nunca havia lhe prometido nada. Quando ele estava de partida para os Estados Unidos, ela era uma pirralha de treze anos. Não se lembrava de algum sentimento por ele naquela época. Contudo, ocorreu-lhe, naquela hora, que podia ter havido alguma coisa. Então ela disse:

– É a vida. Afinal de contas, todo mundo se casa.

– Não. Uma mulher tão linda não deveria se casar. Você não tinha direito de se casar. Devia ter permitido que o mundo inteiro a admirasse.

E Farrokh-laga havia rido, divertindo-se com o seu jeito de falar. Ele poderia ter achado perturbador aquele riso malicioso, mas não achou. Apenas se aproximou mais e murmurou:

– Sempre use azul! Você fica muito bem de azul.

E então Golchehreh tinha se posto entre eles. Com seu sorriso cáustico e aqueles olhos desconfiados que haviam intimidado Farrokh-laga durante anos, sua cabeça não chegava nem ao ombro de Fakhredin.

– Eu estava falando com a sua mulher sobre *E o vento levou* – disse Fakhredin. – Vi o filme pouco antes de voltar dos Estados Unidos. Na verdade, foi uma das primeiras exibições. Você não imagina o que eu precisei fazer para conseguir uma entrada. Fiquei na fila desde as cinco da manhã. Eu disse para a sua mulher que ela se parece muito com a Vivien Leigh, a atriz do filme.

– Verdade? – foi a única palavra que Golchehreh murmurou.

Ao contrário do que sempre acontecia, agora seu sorriso não tinha nenhum sinal de desprezo. Era um sorriso triste. Comparado com Fakhredin, ele perdia de longe, e era honesto o suficiente para admitir isso.

– Quando o filme passar no Irã – continuou Fakhredin –, vocês não deixem de ver. É a maior obra-prima da história do cinema. Até hoje não fizeram um filme tão caro quanto esse.

A volta para casa foi no carro do tio dela. Golchehreh permanecera em silêncio durante todo o tempo, por respeito ao tio. Eles tinham se despedido educadamente quando chegaram à viela da sua casa e então foram caminhando lado a lado. Durante todo o percurso, Farrokh-laga esperara o iminente confronto seguido de horror, na expectativa de poder rememorar em paz quando o homem adormecesse. Mas Golchehreh havia atrapalhado totalmente seus planos. Começara a importuná-la antes mesmo de entrar em casa, zombando dos filmes infames do "paspalhão", das fotos idiotas e do ridículo chapéu americano que ele tinha posto na cabeça de todo mundo – inclusive na da sua "estimada esposa" – para tirar fotos. Não contendo a cólera, Farrokh-laga havia explodido:

– Cale a boca!

Mas o único resultado disso fora que Golchehreh mudara de assunto. Abandonando o "paspalhão", ele se concentrara no vestido azul, que achava horrível, parecendo um uniforme de empregada, e que dava náusea em quem o olhava etc. etc. Depois, às duas da madrugada, começara a comer uma melancia que pegara na geladeira. Insistira com Farrokh-laga para que ela também comesse. Na expectativa da meia hora de fantasias que poderia ter antes de adormecer, ela havia tolerado toda aquela tolice.

No entanto, depois da melancia ele tinha resolvido procurar no rádio a estação de Berlim, a de Londres e a de Moscou, querendo descobrir o que estava acontecendo no mundo. Finalmente, às três da madrugada, fora para a cama. Mas é claro que, antes de dormir, quis exercer seus direitos conjugais.

Ela precisara suportar também isso. A essa altura, eram quatro da madrugada. Então, ele havia resolvido ir à casa de banhos e, ao voltar, fazer suas preces, algo que ele fazia de tempos em tempos.

A partir daquela noite o coração de Farrokh-laga se encheu de ódio... Esse ódio perdurou até se tornar permanente.

Golchehreh tinha terminado de se barbear e estava lentamente reunindo suas coisas. Não sabia por quê, naquele dia, sentia-se compelido a ficar por ali como se esperasse alguma coisa, como se alguma coisa fosse acontecer sem que ele soubesse exatamente o quê. A campainha tocou e Mossayeb foi até a porta. Farrokh-laga seguiu com os olhos o criado, para descobrir o mais rápido possível quem estava ali e o que a pessoa queria. Golchehreh havia ido para a varanda e estava de pé a poucos metros dela. Ela virou a cabeça por um instante e olhou para ele. Um simples olhar foi suficiente para ambos evocarem o ódio.

– Daqui a um mês, minha querida Farrokh-laga – disse Golchehreh subitamente e sem nenhuma introdução –, você fará cinquenta e um anos. A idade da menopausa.

Farrokh-laga olhou para ele em silêncio. O sorriso dele a perturbou como sempre.

– Ouça, Sadri – disse ela finalmente. – Se você acha que eu estou disposta a tolerar as suas zombarias, está enganado.

– Eu não estou zombando. Menopausa não é zombaria!

Farrokh-laga respirou fundo e virou-se para novamente olhar para a porta. Era o entregador de jornais. Mossayeb trouxe o jornal e colocou-o ao lado dela na varanda. E anunciou que ia a Karadj buscar no Nassrollah Khan a carne para a festa de sexta-feira. Farrokh-laga suspirou:

– Se pelo menos nós também tivéssemos um jardim em Karadj.

– Com a menopausa e tudo o mais – respondeu Golchehreh –, você acha que ainda teria ânimo para desfrutar um jardim?

– Não me diga que, na sua idade, você resolveu querer um herdeiro aparente – respondeu de volta Farrokh-laga, sem deixar de olhar para a primeira página do jornal. – Porque, se não é esse o caso, por que você estaria me dizendo todas essas bobagens?

– Na verdade, talvez eu *tenha* esse desejo. Mas isso já não é mais possível com a minha mulher, não é mesmo?

– Então por que você não procura uma criadinha? Isso estaria bem de acordo com a sua baixeza.

E, deixando de dar atenção à presença do marido, ela começou a ler. Golchehreh ergueu a mão e arrebatou-lhe o jornal. Ela não se importou e olhou fixamente para o jardim. Mossayeb havia posto o paletó e os sapatos, e dirigia-se à porta. Na altura da fonte, ele perguntou:

– Vão precisar de mais alguma coisa?

– Se encontrar amêndoas frescas, compre algumas – respondeu ela.

Sem dizer palavra, Mossayeb começou a andar na direção da porta. Golchehreh estava sentado no peitoril da janela, remexendo no jornal.

– Meu Deus, por que ele não vai embora? – pensou Farrokh-laga consigo mesma.

Ela queria continuar sonhando. Lembrou-se do dia em que eles iam visitar a mulher americana de Fakhredin, que seis meses depois do marido viera para o Irã com seus dois filhos, Teddy e Jimmy. Farrokh-laga se sentia muito estranha naquele dia. Penteara o cabelo, pusera um vestido branco salpicado de flores azuis e, com Golchehreh escarnecendo dela, empoara o nariz, passara batom e espalhara *spray* pelo cabelo. Levara horas endireitando a costura das suas meias Kaiser. E no último minuto dera um giro diante do espelho: tudo em ordem. Farrokh-laga estava ansiosa por conhecê-la, a dama americana. Até então ela nunca vira uma americana. Mas, de qualquer forma, assistira a *E o vento levou* e passara muito tempo comparando-se com Vivien Leigh. Não havia encontrado nenhuma semelhança; no entanto, isso não alterara nada. Afinal de contas, se *ele* disse que havia uma semelhança, então devia mesmo haver.

O casal havia se estabelecido na casa do príncipe Sarem. Ficariam lá durante a construção da sua casa, na parte setentrional do jardim. A americana estava de pé diante da porta principal do hall de entrada e cumprimentava todos que chegavam. Mas não falava com ninguém, apenas sorria. Ela era muito alta, com cabelos louros, braços sardentos e veias aparentes nas mãos. Seus olhos eram tão claros que até pareciam não ter cor. Examinados com atenção, revelavam-se azuis, embora fosse um tom de azul extremamente claro. Mas de qualquer forma eram azuis, e não havia dúvida de que Fakhredin gostava da cor. Farrokh-laga a havia cumprimentado e entrado. Logo vira um espelho de corpo inteiro e parara a fim de se olhar. Fixara-se por algum tempo nos seus olhos escuros e nas flores azuis do vestido. Então vira o rosto de Fakhredin no espelho, atrás de si. Olhando para ele no espelho, ela lhe perguntara:

– Por que você se casou?

Fizera essa pergunta com a mesma simplicidade com que ele a havia feito. Mas o efeito gerado tinha sido muito estranho. Ele a fitara no espelho. Farrokh-laga teve a impressão de que ele empalidecera.

– Como lhe cai bem esse vestido branco com flores azuis!

Ele saíra rapidamente para ficar do lado da mulher. Mas durante toda a noite eles se viram um ao lado do outro, como se uma força estranha os puxasse de um modo invisível.

Anos depois, no terraço do jardim do príncipe, ela havia narrado o caso a Adeleh Rafat-jah. Adeleh era uma boa mulher e tentou compreender. Ficara do lado dela, porque prezava e respeitava o amor, além de condenar o comportamento rude de Golchehreh. Naquele momento, a filha mais velha de Farrokh-laga passeava no jardim com o filho de Adeleh. Havia boatos circulando e Farrokh-laga ouvira comentários sobre a relação de Adeleh com o príncipe.

Ela narrara a Adeleh sua história para estimulá-la a também se abrir.

E o resultado tinha sido exatamente esse. Chorando, Adeleh lhe contara muitas coisas importantes. As duas haviam se tornado amigas íntimas e Farrokh-laga lhe dissera certa vez:

– Durou seis anos, seis anos fascinantes!

– Então durante todo o período da guerra vocês estavam apaixonados – respondera Adeleh. – Que sorte a sua!

– Os seis anos da guerra – disse Farrokh-laga em voz alta, erguendo as mãos atrás de si para se alongar novamente.

Golchehreh estava perdendo o controle sem nenhuma razão. Perguntou-lhe subitamente:

– Quando a mulher chega à menopausa, o desejo dela muda?

– Não sei, Sadri.

– Deve mudar, sim. É por isso que os homens têm direito a ter muitas mulheres. Sem dúvida, é para evitar que sejam forçados a tolerar na cama uma mulher na menopausa.

– Pode ser.

Golchehreh estava pensando naquela coitada que fora obrigada a suportar o apelido de "Farrokh-laga". Acontecera durante os anos da guerra: era uma polonesa* que não sabia falar persa e que Golchehreh chamava de Farrokh-laga. Ela trabalhava num bar. Gargalhava toda vez que Golchehreh a chamava de Farrokh-laga.

A moça não conseguia pronunciar direito o nome e achava graça nele. Quando a guerra acabou, ela anunciou:

– Farrok-laga volta da Europa – disse isso rindo com vontade.

Na semana seguinte, ela não estava mais no bar.

– Se eu arrumar uma esposa – perguntou Golchehreh –, você vai ficar muito brava?

Farrokh-laga não respondeu. Olhou novamente para o jardim. Rememorou a última vez que vira Fakhredin. Eles estavam na casa dele, num quarto trancado e com as cortinas cerradas. O quarto estava escuro. Os olhos de Fakhredin brilhavam nas sombras.

– Preciso ir, para tomar providências com relação às crianças – dissera ele.

Então, Farrokh-laga chorou.

– Vou voltar, eu prometo.

Quando a guerra terminou, a americana havia voltado para casa com Teddy e Jimmy. Partira num estado quase frenético. A coisa havia começado quando certa noite ela gritara no meio de uma festa:

– Vocês são todos malucos!

Talvez o desabafo fosse pelo efeito do uísque. Ou talvez ela tivesse chegado ao fim de suas forças. Dez dias depois, pegara os filhos e partira.

---

* Um número muito grande de poloneses, judeus e outros refugiados da Europa ficou no Irã durante a Segunda Guerra Mundial. (N. T.)

Farrokh-laga não sabia por quê, mas tinha a intuição de que ele não voltaria.

E ele não voltou. Cinco meses depois morreu num acidente de carro. Farrokh-laga ficou sozinha, com a casa e Golchehreh. Os filhos estavam por ali, mas tinham sua própria vida. Cresciam muito rapidamente e saíam de casa um depois do outro, como se não tivessem nascido do seu corpo.

Golchehreh tinha terminado de ler o jornal. Dobrara-o e o colocara ao seu lado, esperando que ela o pedisse e então ele pudesse dizer algo sobre a menopausa. Fazia três dias que ele descobrira essa palavra e percebera que ela mexia com os nervos da mulher. Farrokh-laga não disse nada, e isso o aborreceu. Finalmente ele perguntou:

– Você não quer o jornal?

Ainda calada, ela estendeu a mão. O marido entregou-lhe o jornal. Ela o pegou, tirou do maço um cigarro e o acendeu.

– Você não deve fumar! – censurou Golchehreh. – Na sua idade, com menopausa e tudo o mais, o cigarro lhe faz muito mal.

– Por que você não vai dar uma voltinha? Você fazia isso todo dia.

– Pode ser que hoje eu não esteja com vontade.

Ela lamentou ter feito a pergunta. Claro que ele nunca mais sairia de casa se desconfiasse de que sua saída a fazia feliz.

– Você tem razão. É melhor ficar em casa – disse ela.

– Agora eu vou – reagiu Golchehreh.

Ele se levantou, mas por alguma razão misteriosa sentiu que devia ficar, como se algo estivesse prestes a acontecer. Aproximou-se e sem nenhum propósito ficou de pé diante dela. Por um momento pensou que talvez, depois de trinta e dois anos de casamento, já não fosse mais necessário rebaixá-la com o seu habitual sorriso sarcástico. Na verdade, ele tinha percebido recentemente que usava esse sarcasmo como um muro protetor contra a incrível beleza de sua mulher. Sabia que, se não agisse assim, se não tivesse sido sarcástico durante todo o tempo, certamente já teria morrido de amor por ela. Havia percebido que não podia deixá-la notar, nem uma única vez, o quanto a desejava – o que evidentemente fora sempre o caso. Mas agora, de repente, teve vontade de olhar para ela do mesmo modo que havia olhado para aquela polonesa quando a chamara de Farrokh-laga. Afinal de contas, ela havia chegado à menopausa. Já não havia em seus olhos aquele brilho rebelde do passado. Ela não tinha mais fantasias à noite; ia para a cama cedo e às vezes até roncava. Talvez agora fosse possível olhar para ela com honestidade, sem sarcasmo.

Golchehreh se aproximou e ficou diante dela, de costas para a escada.

– Farrokh-laga, querida! – disse ele.

Ela estremeceu. Nunca em sua vida o marido se dirigira a ela daquele modo. Sempre dizia "Farrokh" e punha na cara aquele seu sorriso sarcástico. Ela ergueu a cabeça. Não havia desprezo nos olhos dele, e sim afeição. Farrokh-laga entrou em pânico. Teve certeza de que aquilo era algum ardil.

"E se ele estiver querendo me matar?", especulou ela.

Talvez tenha sido apenas uma questão de instinto de defesa: ela deu um soco na barriga de Golchehreh, sentindo-a flácida e macia como algodão. Ele não resistiu ao golpe, ou talvez seu peso não estivesse distribuído corretamente. Deu um passo em falso com o pé esquerdo, tentou mudar de posição, perdeu o equilíbrio e caiu de cabeça para baixo na escada. Farrokh-laga ficou de pé diante de uma cadeira durante algum tempo. Não ousou olhá-lo e não ouviu o menor ruído vindo do homem.

Três meses depois ela estava vestida de negro, sentada numa cadeira. Sentia-se exaurida. Quanto à casa, não se importava mais. Mossayeb havia lhe levado um bilhete do sr. Ostovari, o corretor de imóveis, pedindo-lhe que, se desejasse vender a casa, por favor não esquecesse que ele estava à disposição. Impulsivamente e sem nenhuma premeditação, ela pediu a Mossayeb para dizer ao sr. Ostovari que venderia a casa se ele lhe achasse um jardim em Karadj. Ostovari pusera-se imediatamente a procurar um jardim.

Ele encontrou o jardim. Ficava ao lado do rio e era absolutamente verde em toda a sua extensão.

A sra. Farrokh-laga Sadr-O-Divan Golchehreh comprou o jardim, vendeu a casa e mudou-se para Karadj.

Zarinkolah

Zarinkolah tinha vinte e seis anos e era prostituta. Trabalhava em Shahr-e-noe*, no estabelecimento de Akram, o Dourado. Akram tinha sete dentes de ouro e por isso algumas pessoas o chamavam de Akram dos Sete.

Zarinkolah vivera ali desde a infância. Nos seus primeiros anos, tinha três a quatro clientes por dia. Aos vinte e seis anos, o número de clientes havia subido para vinte, às vezes vinte e cinco e até trinta por dia.

Zarinkolah estava cansada da pressão do trabalho. Já se queixara disso algumas vezes a Akram. Este inicialmente apenas a repreendera, mas por fim acabou batendo nela, o que a fez se calar.

Zarinkolah era uma mulher vivaz; estava sempre animada, tanto na época em que tinha três ou quatro clientes por dia quanto agora, em que tinha até trinta. Às vezes era alegre.

---
* Antes da revolução de 1978, a zona de prostituição ficava nesse bairro. (N. T.)

Quando se queixava, as moças reagiam com brincadeiras. Todas elas a adoravam. Quando estavam almoçando, ao meio-dia, Zarinkolah começava a fazer palhaçadas, requebrando e dançando em torno da mesa, fazendo as moças gargalharem.

Ela já havia resolvido várias vezes deixar a casa. As moças sempre atrapalhavam os seus planos. Diziam que a casa ficaria desanimada se Zari saísse. Talvez elas até mesmo tenham incentivado Akram dos Sete a espancá-la para dissuadi-la. Mas Zarinkolah não tinha realmente intenção de ir embora, pois sabia que, se deixasse a casa de Akram, seria obrigada a ir para outra casa logo ao lado. Quando tinha dezenove anos, ela certa vez havia pensado seriamente na possibilidade de ir embora, porque um homem queria se casar com ela. Era um trabalhador da construção, um homem ambicioso que sonhava em se tornar pedreiro e estava precisando de uma mulher perfeita. Por desgraça, antes de eles terem resolvido totalmente a questão, a cabeça do homem foi partida em duas por uma pá durante uma briga.

Embora de tempos em tempos Zarinkolah se queixasse, na verdade ela havia aceitado o seu destino.

Contudo, nos últimos seis meses a sua cabeça não estava funcionando direito. O problema tinha começado num sábado: ela se levantou de manhã, tomou um pouco de água e estava se aprontando para o café da manhã quando Akram dos Sete gritou:

– Zari, tem cliente. E está com muita pressa.

No começo da manhã havia poucos clientes, quando havia, fora os que ficavam da noite anterior esperando ter o capricho extra de uma conversinha matinal. Naquela manhã de sábado Zarinkolah pensou: "Que o cliente vá para o inferno! Se ele está lá, que fique lá". Ela quis gritar bem alto o que havia pensado, mas quem gritou foi Akram dos Sete:

– Zari, eu estou falando com você. Já falei que tem um cliente!

Zarinkolah desistiu do café da manhã e voltou zangada para o quarto. Deitou-se na cama e abriu as pernas. O cliente entrou. Era um homem sem cabeça. Zarinkolah nem arriscou gritar. O cliente sem cabeça fez rapidamente o que tinha de fazer e saiu.

Daquele dia em diante, todos os clientes eram sem cabeça. Zarinkolah não falou disso para ninguém, temendo que a considerassem endemoninhada, enfeitiçada por um espírito mau, uma djin ou algo assim. Ela sabia que a casa já tivera uma mulher enfeitiçada que exatamente às oito horas, ou seja, na hora em que os djins descem para a terra, começava a uivar e urrava a noite inteira. Isso afastou os clientes por algum tempo, até que, por fim, a mulher foi mandada embora.

Zarinkolah resolveu cantar toda noite às oito horas, para não urrar como fazia a mulher. E nos últimos seis meses ela vinha fazendo isso. Infelizmente sua voz era áspera e desagradável.

– Sua Jezebel fedida – disse certa vez um tocador de *tar*. – Você não tem nem meia voz. Vai acabar conseguindo enlouquecer todo mundo por aqui.

Depois de ouvir isso, ela passou a ir para o porão toda noite e cantava ali durante meia hora. Akram dos Sete fingia não saber disso porque mesmo assim Zarinkolah continuava atendendo seus trinta clientes diários e parecia feliz. Na verdade, ela estava sempre muito alegre.

Então, trouxeram para a casa uma menina. Tinha quinze anos e era extremamente tímida. Certo dia, Zarinkolah levou-a ao seu quarto e sussurrou:

– Vou lhe contar uma coisa. Preciso falar disso com alguém, senão acabo enlouquecendo. Eu tenho um segredo no coração que está me deixando louca.

– Claro – disse a mocinha –, a pessoa precisa contar seus segredos para os outros. Minha avó dizia que o coitadinho do imã Ali* não podia falar com as pessoas no deserto e então enfiava a cabeça num poço para despejar o seu coração ali.

– Eu vejo todo mundo sem cabeça... – prosseguiu Zarinkolah – quer dizer, não as mulheres, só os homens. Eles não têm cabeça.

A menina prestava atenção com simpatia. Perguntou:

– Você vê mesmo todos os homens sem cabeça?

– Vejo.

– Talvez eles não tenham mesmo cabeça – observou a mocinha.

– Se não tivessem, as outras mulheres também teriam percebido.

– Você tem razão – disse a menina. – Mas é possível que elas também vejam os homens sem cabeça mas, do mesmo jeito que você, não tenham coragem de falar nisso.

Então, elas combinaram que sempre que Zarinkolah visse um homem sem cabeça ela faria um sinal para a menina e também que, se a menina visse esses homens, comentaria com Zarinkolah.

Todos os homens que para Zarinkolah não tinham cabeça eram para a garota homens normais.

---

* Primo e genro do profeta Maomé, altamente respeitado pelos muçulmanos xiitas, que o consideram o sucessor por direito do profeta. É admirado também por outros muçulmanos, mas apenas como o quarto califa (N. T.).

– Zarinkolah – disse a menina no dia seguinte –, talvez você precise rezar ou fazer uma promessa, ou qualquer coisa assim. Pode ser que depois disso você consiga ver a cabeça deles.

Zarinkolah pediu dois dias de folga a Akram dos Sete. Levantou-se e foi para uma casa de banhos do bairro. Ao contrário do que sempre fazia, não ficou no banho comum para conversar e brincar com outras mulheres. Solicitou um banho privado e uma massagista. Lavou-se dos pés à cabeça e então pediu à mulher que a escovasse três vezes. A massagista ficou cansadíssima e deixou toda esfolada a pele de Zarinkolah. Mas a moça ainda não se convencera de que estava limpa o suficiente para fazer suas orações. Finalmente, com lágrimas nos olhos, a massagista protestou:

– Pobrezinha, parece que você está ficando louca.

Zarinkolah havia pedido à mulher que lhe ensinasse o *ghosle** e lhe dera bastante dinheiro para que não revelasse que ela tinha um segredo. A mulher concordara.

Quando a massagista foi embora, Zarinkolah submergiu na água, de acordo com o preceito, e repetiu cinquenta vezes o *ghosle*. Todo o seu corpo estava quente e vermelho por causa do esfregão de banho.

Ela já estava prestes a se vestir e ir para o santuário de Shah-Adol-Azim** quando subitamente se sentiu como se estivesse rezando. Pensou em rezar – embora estivesse nua –, mas não sabia como. "Não tem importância", refletiu ela. Já

---

* Procedimento ritualista islâmico para se limpar depois de uma relação sexual. (N. T.)

** Santuário sagrado que fica trinta quilômetros ao norte de Teerã, na cidade de Rey. (N. T.)

que Ali tinha tanta coisa na cabeça que precisou se lamentar dentro de um poço, ela poderia invocar o nome de Ali.

Zarinkolah se ajoelhou para rezar no banheiro, completamente nua.

– Ali, Ali, Ali, Ali, Ali, Ali...

Ela chorou desesperadamente durante todo o tempo. Chorava chamando Ali.

Houve uma batida na porta, quase uma pancada. Zarinkolah saiu do transe, foi até a porta e, ainda chorando, indagou:

– O que é?

Era o proprietário da casa de banhos dizendo que já iam fechar.

Zarinkolah pôs suas roupas limpas e deu as sujas para a massagista. Então saiu e foi caminhando até o Shah-Abdol-Azim.

Era noite e a porta do santuário estava fechada. Zarinkolah ficou do lado de fora da porta. Havia luar e o santuário estava totalmente iluminado. Ela chorava baixinho.

Ao romper do dia, quando a porta do santuário foi aberta, os olhos de Zarinkolah não podiam ser vistos. Suas pálpebras estavam inchadas dos dois lados e os olhos haviam afundado no rosto.

Zarinkolah não entrou no santuário. Tampouco estava chorando mais. Tinha se tornado extremamente leve, leve como uma pluma.

Ela saiu. No caminho, parou para tomar um pouco de *haleem**.

---

* Prato popular no Irã, normalmente comido no café da manhã. É uma espécie de mingau.(N. T.)

– Neste calor de fim de verão – perguntou ela ao vendedor –, se alguém quisesse um lugar bonito e fresco, para onde essa pessoa iria?

O vendedor de *haleem* olhou compadecido para os olhos fundos de Zarinkolah e sugeriu:

– Karadj não é um mau lugar.

Quem a olhasse já não poderia dizer que ela fora outrora uma dama da noite. Zarinkolah havia se tornado uma mulher humilde de vinte e seis anos com "um coração tão grande quanto o oceano".

Ela partiu para Karadj.

Moças na estrada

O sol estava se pondo. Duas moças caminhavam pela estrada para Karadj. Ambas usavam xador. Uma tinha vinte e oito anos e a outra, trinta e oito. As duas eram virgens.

Na metade do caminho para Karadj, um caminhão parou a trinta metros delas. Três homens iam nele. O motorista e seu ajudante estavam bêbados. O passageiro estava sóbrio e de vez em quando girava a direção para a direita ou para a esquerda tentando evitar um acidente. Mas no final resolveu se sentar calmamente e entregar-se ao destino.

O motorista fez o caminhão parar. Virou-se para o ajudante e, a um sinal dele, os dois desceram sem nada dizer. Foram ao encontro das mulheres. O passageiro ficou quieto no seu lugar, aproveitando a oportunidade para acender e fumar um cigarro.

Os homens chegaram até as moças e ficaram de pé diante delas. O motorista perguntou:

– Aonde as senhoras estão indo?

— Estamos indo para Karadj — respondeu a moça de vinte e oito anos que se chamava Fa'ezeh — para ganhar a vida e nos livrarmos dos nossos senhores.

O motorista explodiu numa gargalhada.

— É mesmo? Está falando sério?

Ele agarrou o xador e o arrancou.

— Ah, meu Deus! — gritou a mulher que agora estava sem o xador. — Socorro, socorro!

Os homens desabaram sobre as mulheres. Seguiu-se uma breve escaramuça e por fim as moças foram dominadas. A que se chamava Fa'ezeh continuou pedindo ajuda até o motorista lhe tapar a boca com sua mão gorda. A outra, cujo nome era Muness, ficou quieta e suportou em silêncio o que estava lhe acontecendo.

O episódio inteiro não chegou a levar quinze minutos. Os homens se levantaram. Como estava claro que nenhuma ajuda se aproximava, eles calmamente começaram a limpar a roupa.

As moças estavam ambas deitadas, inertes, no chão. A que se chamava Fa'ezeh chorava e imprecava:

— Deus vai nos vingar!

Os homens tinham terminado de se limpar. O ajudante do motorista não estava satisfeito. Disse para Ismaeil Agha, o motorista:

— A minha era uma seda.

Ismaeil Agha respondeu:

— Sorte sua, meu filho. A minha ficava protestando de tudo quanto é jeito, querendo dizer com isso: "Eu sou puritana, bem-comportada e virtuosa".

Os dois riram. Agradeceram às moças e foram para o caminhão. O motorista sentou-se diante da direção e o ajudante ocupou seu lugar. O motorista deu partida no motor.

– Aconteceu alguma coisa? – perguntou o passageiro.

– Cuide da sua vida – retrucou o motorista.

– Desculpe! Achei que tinha alguma coisa errada.

– E daí, você por acaso é policial?

– Sou jardineiro – disse o passageiro. "O Jardineiro Prestimoso", como costumam me chamar.

O motorista reprimiu um riso.

– Nesse caso, Jardineiro Prestimoso, estávamos ocupados irrigando a terra.

O motorista e o ajudante disfarçaram um riso. Depois gargalharam tanto que a direção do veículo saiu totalmente do seu controle. Assim, o caminhão por pouco não colidiu com um Mercedes Benz que vinha no sentido oposto, mas acabou se chocando contra uma árvore. A porta do lado do ajudante se abriu e ele foi jogado para fora e para baixo do caminhão capotado. O motorista voou contra o para-brisa, e seu corpo se projetou para o céu. O passageiro voou pelo mesmo para-brisa que já havia sido estilhaçado pelo corpo pesado do motorista e depois aterrissou suavemente num monte de palha dez metros adiante. O motorista voou até a altura dos fios de eletricidade da estrada. Agarrado aos cabos de alta voltagem, executou movimentos de dança que num cabaré não seriam considerados maus. O ajudante do motorista tinha perdido a oportunidade de se agarrar também, já que somente sua cara, com os olhos fechados, não ficou debaixo do caminhão. O passageiro estava tirando palha da roupa e olhava furtivamente para os cadáveres.

– Contemple as criaturas de Deus – murmurou ele algumas vezes. – Glória a elas.

Finalmente o homem percebeu que não adiantava se livrar das palhas restantes: era preciso tomar um banho e se trocar.

Assim, ele tratou de encontrar o pé direito do sapato, calçou-o e caminhou na direção de Karadj.

O jardim de Farrokh-laga
Primeira parte

Farrokh-laga estava sentada no banco traseiro do carro, do lado direito. Ostovari, Mossayeb e o motorista sentavam-se na frente. A disposição dos quatro no carro ainda era a mesma quando eles chegaram ao jardim, às quatro da tarde. Ostovari estava um tanto apreensivo, receando que Farrokh-laga se enfurecesse ao ver a árvore. Ele havia lhe falado sobre todos os detalhes do jardim, com exceção da árvore.

O motorista parou o carro diante do portão. Ostovari saltou imediatamente e abriu a porta para Farrokh-laga. Conseguiu ser mais rápido que o motorista. Este cumpria o seu último dia de serviço. Na verdade, ele já fora demitido, mas tinha ido até lá por curiosidade e talvez por bondade. Aliás, a dona da casa dirigia.

– Agora a senhora vai ver que joia é o jardim – disse Ostovari.

Farrokh-laga rumou para o portão sem nada dizer.

Ostovari, Mossayeb e o motorista a seguiram.

Ela fez uma pausa diante do portão e se voltou, girando a cabeça sobre o ombro – um hábito herdado de sua mãe.

– É este? – perguntou ela.

– Sim, senhora – respondeu Ostovari. Ele pegou no bolso uma chave grande e disse: – Com licença.

Destrancou a porta e afastou-se educadamente para que a senhora entrasse.

Farrokh-laga transpôs com cuidado o limiar. Exatamente ali um tremor de alegria percorreu-lhe o corpo. Mas ela não queria que os homens soubessem disso. Avançou calmamente pelo caminho de cascalho. Devorou com os olhos cada detalhe do jardim.

Ostovari alcançou-a.

– É exatamente como a senhora queria – comentou ele. – Só precisa de alguns pequenos reparos.

Farrokh-laga ondulou pelo caminho lateral de cascalho que levava à casa. Diante dela, havia um grande lago e do lado deste uma armação de cama. O caminho rodeava o lago num círculo completo, levando para a entrada da casa. Ali ele terminava diante da escada revestida de mosaico.

A casa não era bonita. Era uma casa barata com uma fachada modesta. Por um momento, Farrokh-laga ficou confusa.

– Um revestimento de cimento branco na fachada – interveio Ostovari – e ela vai ficar parecendo uma noiva.

Farrokh-laga visualizou isso em sua imaginação. O homem não estava errado; afinal de contas, era uma boa ideia. De qualquer forma, as janelas eram pequenas e adequadas ao clima da região.

Ostovari pegou outra chave e destrancou a porta, que deu entrada para um grande *hall* fresco. Três cômodos de bom tamanho o circundavam. O *hall* também dava acesso aos banheiros, aos sanitários e à cozinha. Os quartos tinham janelas que se abriam para o jardim, mas as janelas da cozinha e do resto da casa davam para o pátio interno.

– A cozinha é boa – observou Farrokh-laga –, suficientemente grande. Mas é preciso outro banheiro. Precisamos de mais três quartos, também. Sei que vou ter muitos hóspedes.

– Eu já disse à senhora – explicou Ostovari – que o alicerce é sólido e as vigas são de aço. A senhora pode construir um andar superior.

Ostovari, que estava de pé no canto do *hall*, acrescentou:

– Dá para pôr uma escada para o segundo andar a partir daqui. Se a senhora quiser, podemos plantar uma árvore neste ponto. O tronco dela chegaria até o segundo andar. E até passaria pelo segundo andar e chegaria ao teto. Esta casa seria um verdadeiro palácio.

A ideia de uma árvore dentro da casa fascinou Farrokh-laga.

Ostovari, no píncaro do seu prazer, acrescentou:

– Claro que isso é somente uma ideia.

– Vou ter de pensar nela – comentou a senhora. – Vamos precisar aguar a árvore, e pode ser que a água comprometa a fundação.

Claro que, embora não dissesse isso, ela estava simpatizando muito com a casa. Sabia que na presença de Ostovari não podia parecer grandemente impressionada. Contudo, deixou a imaginação voar. Estava convencida da necessidade de construir um segundo andar. Imaginando seus amigos vindo de Teerã para Karadj toda sexta-feira, fazia planos detalhados para uma vida social ativa. Não que ela tivesse muitos amigos. Trinta e dois anos de vida conjugal com um eremita mal-humorado haviam afastado da sua casa muitos amigos. Mas isso não foi uma coisa tão terrível assim, pois lhe dera a oportunidade de escolher um novo círculo de amigos: escritores, poetas, intelectuais – enfim, gente ilustre. Sua casa poderia ser um salão literário, como os que – segundo os romances que ela lia – eram outrora animados pelas damas francesas.

Ostovari estava lhe mostrando as várias partes do jardim. Inventariara as árvores para ela e agora lhe expunha sua opinião sobre o assunto. Ela precisaria contratar um jardineiro para pôr ordem em tudo aquilo, pois o jardim estava abandonado havia mais ou menos um ano – o que, aliás, era bastante evidente.

Ostovari havia projetado o passeio pelo jardim de modo que ele os levasse de uma árvore a outra. E falou sobre árvores enquanto os dois caminhavam.

– Se a senhora andar por todo Karadj – prosseguiu ele –, não vai nunca encontrar um jardim tão lindo quanto este. Para ser honesto, há casas excelentes por aqui, claro, jardins excelentes, mas não por esse preço. Este é o melhor, e com umas poucas alterações vai se tornar um verdadeiro paraíso.

Farrokh-laga sabia que tudo isso era conversa de corretor, mas não se importou. Ela havia gostado à primeira vista tanto do jardim quanto da casa. A hipérbole de Ostovari era desnecessária.

Finalmente eles tinham chegado à margem. Ostovari explicou:

– Como a senhora está vendo, este lado não tem muro. O rio demarca a propriedade. Aqui a água corre com tanta velocidade que não há nenhum perigo de roubo. Além disso, por aqui não mora nenhum ladrão.

Farrokh-laga disse apenas:

– Sim – e de repente notou a árvore. Não soube ao certo se ela era real. – O que vem a ser isso? – indagou ela.

"Agora começa o problema", pensou Ostovari. Mas resolveu explicar.

– Isso é... na verdade... um... ser humano. Mas eu juro para a senhora que é o ser humano menos importuno que a senhora já viu na sua vida.

– O que é que ele está fazendo aqui? – inquiriu Farrokh-laga.

– Bom, como é que eu posso explicar? – respondeu Ostovari. – Para falar a verdade, eles estão vendendo o jardim tão barato por causa dela. Eu acho que, se a senhora perder esta oportunidade, vai ser uma pena. É impossível encontrar um jardim como este por tão pouco dinheiro. Eu pensei comigo mesmo: a senhora Farrokh-laga é mulher e certamente vai tolerar essa árvore infeliz.

Um tanto amedrontada e resmungando, Farrokh-laga avançou cuidadosamente uns poucos passos.

– Mas isto não é uma árvore... É um ser humano!

– É, sim, é isso mesmo. A verdade é que essa pobre árvore... Bom, de fato ela é a irmã do proprietário anterior.

– Verdade?

– É, madame. A coitadinha ficou louca e se plantou no chão.

– Mas isso não tem sentido. Se ela é mesmo louca, devia ter sido levada para um manicômio.

– Bom, o problema é exatamente esse. A infeliz desapareceu no outono passado. A família procurou por toda parte, na cidade e também no campo, mas sem resultado. Finalmente, no começo deste verão eles vieram ao jardim para tomar ar.

Descobriram que a coitadinha tinha se plantado aqui. Então, acharam que ela havia ficado doida. Mas a mãe dela não deixou que ela fosse desenraizada, por mais que tentassem convencê-la.

Ostovari tirou do bolso o lenço, enxugou as lágrimas verdadeiras que lhe escorriam pelo rosto e começou a lamentar. Farrokh-laga, extremamente tocada, perguntou:

– Meu Deus, por acaso ela é sua parenta?

– Não, madame. Pode acreditar: eu não chorava havia uns vinte anos, pelo menos. Mas não sei por que toda vez que vejo essa coitadinha não posso deixar de chorar... Mas, enfim, por mais que tentassem arrancá-la do chão, eles perceberam que isso era impossível. Além do mais, a coitadinha ficava implorando: "Pelo amor de Deus, não me tirem daqui, me deixem germinar".

– Mas até agora ela não germinou – observou Farrokh-laga.

– Não, não germinou. Mas já enraizou. Talvez no ano que vem ela tenha brotos.

– E o que aconteceu com a família dela?

– O que é que eu posso dizer? Os infelizes estão angustiados e tristes por causa desse escândalo, dessa desonra. Não sabem o que dizer. Que a sua filha ou sua irmã se transformou em árvore? Não se diz uma coisa dessas a uma pessoa. Foi por isso que eles me procuraram. Disseram que venderiam baratinho o jardim, desde que sua identidade não fosse revelada. E eu prometi que não diria nada. É por isso que nós podemos comprar este jardim tão barato. De qualquer forma, foi muita sorte para a senhora.

– Por que é que eles têm tanta vergonha dela? – perguntou Farrokh-laga. – Virar árvore não é motivo de vergonha.

– Como, madame? Não é para ter vergonha? A senhora acha que uma pessoa boa da cabeça vai querer virar árvore? É preciso ficar doido como essa coitadinha para que aconteça o ato da "ramificação". O irmão dela, pobre homem, chorava e ficava dizendo: "Amanhã todo mundo vai descobrir que a minha irmã virou uma árvore. Aí vão começar os comentários. Por exemplo, vão chamar a nossa família de 'os Árvores', 'os Arbóreos', 'os Arborizadores', e assim por diante. Vão rabiscar todo tipo de pichações nos nossos muros para destruir a honra e a reputação da nossa família centenária". Eu preciso lhe informar, madame, que essas pessoas são de uma família antiga e nobre. Como é que eles vão sair por aí dizendo que um deles virou árvore? Se um deles tivesse se tornado ministro ou parlamentar, seria diferente. Dá para comentar e até mesmo se gabar se alguém da família quer se tornar ministro ou parlamentar. Mas o que é que vamos falar se um parente vira árvore? O coitado do irmão disse: "Mesmo se ela tivesse se tornado queijeira, isso não importaria, não teria nos preocupado. Porque a produção de laticínios é uma profissão decente. Mas uma árvore?". Honestamente, eu não sei.

Farrokh-laga estava andando em torno da árvore. Mossayeb e o motorista observavam à distância. Não ousavam se aproximar. A "árvore" era uma mulher de uns vinte ou vinte oito anos, enterrada até as canelas e com um vestido esfarrapado. No entanto, ela estava de pé e firme, olhando para as pessoas.

Farrokh-laga sentiu que começava a se interessar por aquela árvore.

– Eu disse para o irmão dela – prosseguiu Ostovari –, "Não se preocupe, senhor. Eu conheço uma senhora respeitável de uma família muito boa, uma verdadeira dama; ela certamente vai tolerar na casa dela essa pobre Mahdokht. Além disso, vai guardar o seu segredo, porque, sendo ela própria uma mulher honrada, sabe o que a honra e a reputação significam para uma pessoa respeitável".

Farrokh-laga não estava mais prestando atenção em Ostovari. Uma ideia lhe ocorrera subitamente, e tudo passara a girar em torno dela. Com aquela árvore estranha à sua disposição ela poderia fazer maravilhas. Não apenas seria possível criar o seu círculo literário como talvez ela até pudesse ser membro do parlamento ou ministra. Até então ela nunca havia ouvido falar em alguém que tivesse uma árvore humana.

– Além do mais – continuou Ostovari –, a senhora pode plantar uma árvore dentro da casa para compensar esta daqui. E quanto a esta, podemos pôr aqui uma parede, um cubo, para que ela fique escondida e não cause constrangimento.

Farrokh-laga estava pensando que, quando alguém tem no jardim uma árvore humana, não há necessidade de uma árvore dentro de casa. Ela sempre tinha achado sua mente, suas ideias, seu corpo, sua alma e tudo o que fazia parte dela superiores aos dos outros. Obviamente os outros não eram inteligentes o suficiente para apreender o significado de uma árvore humana. E nem a própria Farrokh-laga podia avaliar todos os desdobramentos desse enigma, mas seu instinto lhe dizia que aquela árvore lhe daria fama e celebridade.

– Não há necessidade de uma árvore dentro – disse ela. – A casa vai ficar desobstruída. Vou aceitar as coisas do jeito que estão.

Ostovari respirou aliviado.

– Eu tinha medo de que a senhora não aceitasse – admitiu ele – e cheguei a pensar em comprar a casa, se a senhora não quisesse ficar com ela. Só que eu tenho seis filhos, madame, e eles certamente desenterrariam essa pobre árvore... Graças a Deus a senhora se decidiu pela compra.

Farrokh-laga foi para o portão. Algo havia cintilado em sua mente, e ela não estava mais prestando atenção. Enquanto avançava, gritou a ordem:

– Mossayeb, Akbar, vão para a cidade e tragam todas as malas.

– A senhora vai passar a noite aqui? – perguntou Mossayeb. – Não tem ninguém na casa.

– Isso não é problema. Vou dormir aqui esta noite – respondeu Farrokh-laga. – Quero supervisionar a construção. O senhor acha, sr. Ostovari, que pode me mandar um pedreiro e alguns ajudantes? Quero começar a obra amanhã.

Um tanto perplexo, Ostovari indagou:

– Madame, por que toda essa pressa? A senhora pode ficar na cidade por enquanto e eu próprio superviso a obra. E tem também o Mossayeb.

– Não, eu vou ficar. Amanhã nós começamos. Quero que tudo esteja pronto dentro de um mês.

Alguém bateu no portão do jardim. Mossayeb correu na frente dizendo:

– Não, madame. O pessoal daqui não conhece a senhora. Eles são abelhudos. É por isso que já estão aqui batendo.

– Qual é o problema? – disse Farrokh-laga. – Vou ensinar a eles que não devem se meter comigo.

Mossayeb abriu a porta. Um homem e uma mulher estavam ali.

– Desculpe, jovem, esta casa não precisa de um jardineiro? – perguntou o homem.

– Precisa sim, meu caro – respondeu Farrokh-laga, que tinha chegado ao portão logo depois de Mossayeb. – Você é jardineiro? – indagou ela.

– Sou, minha senhora – respondeu o homem. – As pessoas me chamam de "O Jardineiro Prestimoso" e dizem que eu tenho dedos de ouro porque quando toco uma planta ela se multiplica numa centena de brotos, e de cada broto saem cem flores.

Farrokh-laga sentiu a cabeça girar. Ela já estava impressionada com a árvore humana e agora aquele homenzinho com uma cara bondosa dizia ter dedos de ouro.

– O senhor também entende de construção? – indagou ela.

– Sei qualquer tipo de ofício, madame, qualquer habilidade.

– E ela, quem é? Sua esposa?

O jardineiro olhou para a mulher ao seu lado e disse:

– Não, madame, eu encontrei essa coitada na estrada para Karadj. Ela estava de pé ali, confusa e atrapalhada. Perdida. Quando pôs os olhos em mim, gritou, atirou-se aos meus pés e começou a chorar. Já perguntei muitas vezes qual é o problema, mas ela continua beijando os meus pés. Finalmente, ela disse que eu era o primeiro homem com cabeça que ela via em seis meses.

– Ela é louca? – indagou Farrokh-laga.

– Acho que não – replicou o Jardineiro Prestimoso. – De qualquer forma, ela me seguiu quando eu comecei a andar. Diz que o nome dela é Zarinkolah e que ela fez algumas coisas ruins no passado, mas agora está arrependida.

– Zarinkolah, você cozinha? – perguntou Farrokh-laga.

– Não, senhora!

– Sabe arrumar a casa?

– Não, senhora!

– E sabe lavar a louça?

– Não sei fazer isso, senhora!

– Então o que é que você sabe fazer?

– Com o tempo vou aprender todas essas coisas, senhora. O que eu sei fazer agora é contar histórias e cantar uma porção de músicas. E sei também algumas outras coisas. Apesar de ser muito moça ainda, senhora, eu tenho muita experiência do mundo.

Farrokh-laga voltou-se para o Jardineiro Prestimoso e o inquiriu:

– Como é que você se chama?

– E para quê, madame? Todo mundo me chama de O Jardineiro Prestimoso. A senhora pode me chamar só de Jardineiro.

– Tudo bem, Jardineiro, a partir de hoje você é meu empregado. Mas o que nós vamos fazer com essa mulher?

– Fique com ela, madame. Ela vai acabar aprendendo alguma coisa. Acho que ela veio a calhar.

– Que seja! – consentiu Farrokh-laga. Ela pensou em talvez treiná-la para atender às suas necessidades frequentes.

A mulher não tinha ar de maliciosa nem de má. Muito pelo contrário, parecia extremamente ingênua.

– Que seja – murmurou ela novamente. Então, voltando-se para Mossayeb e o motorista, ordenou: – Vão e tragam a maior quantidade de mobília que vocês conseguirem. As malas estão todas feitas, os tapetes já foram enrolados. Talvez seja preciso alugar um carro. Podem fazer isso! Quero que tudo esteja aqui hoje à noite! – Depois, virando-se para Ostovari, ordenou: – Leve o Jardineiro com você no carro e vá ao centro comprar gesso e outros materiais de construção.

– Mas às seis da tarde tudo já está fechado, madame – objetou Ostovari.

– Não me venha com desculpas, sr. Ostovari. Afinal de contas, nós precisamos nos ajudar, porque temos um segredo.

– Tudo bem, madame – concordou Ostovari.

Então, Farrokh-laga disse para a mulher:

– Fique aqui também, do meu lado, como minha ajudante.

– Certo, senhora.

Nem dois minutos depois da saída dos homens, bateram novamente à porta. Farrokh-laga abriu-a e viu duas mulheres com ar cansado e xadores sujos.

– O que é que vocês querem? – perguntou Farrokh-laga rudemente.

Uma das mulheres começou a chorar. A outra, mais velha, continuou em silêncio até sua companheira se calar.

– Eu perguntei o que é que vocês querem – insistiu Farrokh-laga.

Uma das mulheres, a que tinha ficado em silêncio, começou a falar depois de cumprimentar Farrokh-laga.

– Meu nome é Muness e esta é minha amiga. Uma desgraça nos aconteceu no caminho. Se a senhora permitir, nós gostaríamos de passar a noite na sua casa. Amanhã procuramos outro lugar para ficar.

– Minhas caras senhoras – disse Farrokh-laga –, eu acabei de me mudar. Não tenho mobília. Mas é muito estranho encontrar duas damas como as senhoras neste ermo. É óbvio, pelo seu aspecto, que as senhoras são de famílias respeitáveis. Por que viajam sozinhas? – indagou ela.

– É uma longa história, minha cara senhora – respondeu Muness –, mas o fundamental é que nós decidimos nos libertar da prisão de nossas famílias. Viajar, fazer peregrinações, vagar por aí. Infelizmente, resolvemos começar por Karadj, e o resultado foi uma calamidade.

Farrokh-laga, que estava achando a história interessante, convidou:

– Por favor, entrem! A mobília vai chegar esta noite. Entrem e me contem o que aconteceu!

As mulheres entraram e as três foram se sentar na armação de cama à beira do lago. Fa'ezeh continuava chorando baixinho.

– Moça – disse Farrokh-laga –, não chore tanto! Isso não faz bem para a sua saúde.

– Pelo contrário – objetou Zarinkolah –, é muito bom para ela. Ontem eu chorei durante doze horas, minha cara senhora. Meus olhos não eram do jeito que a senhora está vendo agora. Eles são muito grandes. Estão assim de tanto eu chorar. Mas depois de chorar eu me senti melhor. Deixe que ela chore!

– Então me conte, srta. Fa'ezeh, o que aconteceu – pediu Farrokh-laga. – Diga alguma coisa.

Mas Fa'ezeh só conseguia chorar. Muness falou no lugar dela.

– A verdade é que eu tive essa ideia de sair para descobrir o mundo inteiro; para compreender tudo sozinha e não precisar que os outros me expliquem as coisas dizendo "é desse jeito ou é daquele jeito" só para depois eu descobrir que me enganaram. Eu não queria acordar um dia e ver que a vida tinha acabado e o meu conhecimento não era maior que o de um burro. Costumam dizer: "Infeliz é aquele que ao chegar ao mundo é um tolo e quando morre é um asno". Por isso, tomei uma decisão: mesmo correndo o risco de ser infeliz, ia buscar a todo custo o conhecimento. Afinal de contas, quem vai para a estrada precisa contar com os perigos. Ou você é forte o suficiente para enfrentar esses perigos ou não é, e então volta para casa como ovelha negra. Se você não suportou a nova vida e não admite ser tratada como ovelha negra, sempre há a possibilidade de se matar... Mas vamos mudar de assunto. Eu tenho muita coisa para dizer.

– Enfim – prosseguiu ela –, aconteceu que esta minha velha amiga ficou sendo minha companheira. Eu não quis deixá-la para trás, porque tinha medo de que ela aprontasse alguma besteira consigo mesma ou com alguém mais infeliz que ela. Não sei por que achei que para sair de Teerã tinha de ir para Karadj. Você acredita numa coisa dessas? Agora, quando penso nisso, me dou conta de que Teerã tem muitos portões: Mehrabad, Rey, Niavaran... Em suma, tem mil saídas. Mas eu só pensava em Karadj. De qualquer maneira, nós estávamos andando na estrada quando parou um caminhão enorme. O motorista e seu ajudante desceram, vieram na nossa direção e nos estupraram. Claro que em tudo isso eu vejo um tipo de sinal oculto ou secreto. Acredito que uma certa força queria que eu encontrasse dificuldades bem no começo da minha caminhada. No entanto, a coitada da minha amiga foi uma vítima inocente das minhas aventuras. Desde então, ela chora sem parar. Mas, com esse estupro, essa primeira experiência difícil como andarilha, acho que descobri um padrão geral. Retomando o caminho, pensei nos milhões de seres humanos que devem ter se afogado antes que o primeiro homem aprendesse a nadar. É incrível que ainda hoje as pessoas se afoguem. Mas vamos deixar de lado essa filosofia. Ela não consola a minha infeliz amiga.

Fa'ezeh, que se desmanchava em soluços, murmurou:

– Eu era virgem, minha senhora. Quero me casar algum dia. Agora, com essa desgraça, o que é que eu vou fazer?

– Fa'ezeh, minha querida – disse Muness. – Eu também era virgem, mas que diabo! Nós éramos virgens e não somos mais. O que é que isso tem de tão triste?

– Você tem trinta e oito anos, minha cara – protestou Fa'ezeh –, que diferença faz você ser ou não ser virgem? Eu estou só com vinte e oito. Ainda tenho chance de me casar.

Farrokh-laga julgou-a uma mulher rude por revelar a idade da amiga e também por espezinhá-la com o fato de ela já não ser jovem.

Mas Muness se adiantou:

– Sra. Farrokh-laga, ela não é rude. Essa pobre moça sabe que eu leio a mente das pessoas. Se ela não tivesse dito isso, se tivesse apenas pensado, eu saberia. Assim, ela simplesmente aprendeu a ser honesta ao falar comigo.

– E já que você é capaz de alongar seu rosto e estreitar suas pupilas – interveio Fa'ezeh –, por que você não nos vingou?

– Fa'ezeh, minha querida, a minha única habilidade excepcional é a de ler a mente das pessoas. Além disso, eu queria, sim, me vingar deles... Mas eles foram devidamente punidos por conta própria.

– Como? – indagou Farrokh-laga.

– Vou contar – respondeu Muness. – Dois quilômetros adiante na estrada o caminhão deles bateu numa árvore e capotou. Por que eu iria querer me vingar?

– Que mentira! – objetou Fa'ezeh. – Como é que você sabe que o caminhão se acidentou?

– Minha querida – explicou Muness –, nós pegamos um atalho pela montanha para não sermos estupradas novamente. Mas eu sei que o caminhão bateu.

– Mas como você pode saber? – perguntou Farrokh-laga.

– De algum modo. Eu leio mentes.

– Isso é verdade?

– Sim, senhora. Por exemplo, a senhora quer ser membro do parlamento. Aquela pobre coitada sentada ali foi prostituta até ontem. Nada foge ao meu olhar.

– Você quer ficar aqui? – indagou Farrokh-laga.

– Claro – respondeu Muness. – Infelizmente ainda não chegou o tempo em que as mulheres podem viajar sozinhas. Uma mulher precisa ser invisível para ser capaz de viajar sozinha, senão será condenada a ficar em casa. Mas a minha sorte é que eu não posso mais ficar em casa. No entanto, devo ficar dentro de casa porque sou mulher. O que podemos fazer é nos aventurarmos de vez em quando e só por pouco tempo no mundo externo e depois nos abrigarmos de novo em casa. Assim, eu posso avançar um pouco e me abrigar novamente em outro lugar; talvez no final tenha conseguido dar a volta no mundo em ritmo de tartaruga. Por isso aceito com muito prazer o seu convite.

Farrokh-laga estava extremamente feliz.

– Senhoras – disse ela –, eu pretendo expandir esta casa. O Jardineiro me disse que sabe construir. Entre todos os filhos de Adão, vamos ficar somente com ele. E nós mesmas vamos realizar o trabalho de construção.

– A ideia é muito boa – disse Muness. – Eu já havia pensado nisso muito tempo atrás. Se Deus quiser, vamos conseguir.

Fa'ezeh continuava chorando.

– Qual é o problema, moça? – inquiriu Farrokh-laga. – Uma mulher não pode viver sem a virgindade? Eu já vivo sem ela há trinta e três anos.

– Mas e a minha honra? – perguntou Fa'ezeh. – O que é que eu vou dizer para as pessoas? E na minha noite de núpcias, vou fazer o quê?

– Você quer dizer: se chegar a se casar – interveio Muness. – Se for o caso, eu dou um jeito de fazer alguma coisa para que seu marido não descubra. Não se preocupe! Você sabe que eu posso alongar o meu rosto.

– Então, por que você não fez isso na frente daqueles terríveis motoristas?

– Minha querida Fa'ezeh, eu já morri e renasci duas vezes. Agora vejo as coisas de modo diferente... O que é que eu posso lhe dizer? Juro por Deus que se tivesse asas, eu teria voado. O que é lamentável é que, embora eu tenha morrido duas vezes, minha alma ainda está ligada à Terra. Mas, pelo amor de Deus, acredite: essa coisa de virgindade não é nem um pouco importante. Vou cuidar para que, se você se casar – se Deus quiser –, possa ir feliz da vida com seu noivo.

Fa'ezeh finalmente se acalmou. E enquanto esperavam a chegada da mobília e do material, as mulheres narraram com detalhe os incidentes de sua vida umas para as outras.

O jardim de Farrokh-laga
Segunda parte

Na primavera, o jardim havia realmente se transformado num paraíso. O Jardineiro tinha razão: seus dedos eram mesmo de ouro. Tudo o que ele precisava fazer era tocar uma planta e, sete dias depois, uma centena de rebentos floresceria.

A casa foi reformada com a ajuda de todos. Farrokh-laga não participou efetivamente do trabalho. Apenas ia para cima e para baixo, dando ordens aos outros. Passou todo o outono fazendo somente isso. O Jardineiro instruía as mulheres sobre como fazer a construção. Zarinkolah preparava a argamassa. Muness levava a argamassa para dentro da casa. Fa'ezeh carregava tijolos num carrinho de mão e o Jardineiro os assentava. No final do outono, a casa tinha seis quartos, três lavabos e três sanitários.

Nos dias de sol, Farrokh-laga sentava-se perto do lago e acompanhava satisfeita o progresso da obra. Às vezes ia de carro fazer compras no centro e levava Zarinkolah. A casa estava sendo refeita para satisfazer o gosto de sua dona. Ela dava as ordens e o Jardineiro as executava.

No final do outono, a casa estava totalmente pronta. Farrokh-laga destinou um quarto para Muness e Fa'ezeh. Elas lhe faziam companhia e, como atividade paralela, tomavam conta da casa: Fa'ezeh cozinhava e Muness cuidava do resto. Farrokh-laga decorou a casa e o Jardineiro recebeu permissão de construir para si mesmo uma cabaninha no canto do jardim. Disse a ela que precisava unicamente da ajuda de Zarinkolah.

O Jardineiro construiu sua cabana no canto do jardim ao lado do rio, de frente para a árvore Mahdokht, que ainda não havia florescido. Farrokh-laga manifestou preocupação algumas vezes, mas o Jardineiro lhe garantiu que na primavera ela estaria coberta de brotos.

– Você não pode tratar essa árvore como trata as outras – insistia ele. – Essa é uma árvore humana. Precisa ser alimentada com leite de mulher.

Farrokh-laga não tinha ideia de onde conseguir leite materno.

– Não se preocupe! – disse o Jardineiro. – Eu vou me casar com Zarinkolah. Ela vai ter um filho. Aí os seios dela vão ficar cheios de leite e eu vou poder alimentar a árvore com ele.

Fa'ezeh sugeriu que eles pedissem a um mulá para ir até lá e fazer o casamento. O Jardineiro não gostou da ideia. Explicou que ele mesmo poderia oficiar a cerimônia, e assim não havia necessidade de um mulá. Mas Fa'ezeh não aceitou esse tipo de casamento, que ela considerava contra a lei religiosa, um *haraam*. Muness não se pronunciava quanto à questão e não mencionava leitura de mente nem nada disso. Farrokh-laga não dava importância ao tema casamento. Queria apenas o leite materno para alimentar a árvore humana, e o Jardineiro lhe havia prometido isso. Ela pouco ligava para o resto.

As mulheres viam Zarinkolah trabalhando ao lado do Jardineiro o dia todo. O Jardineiro lhe ensinara a assentar tijolos, plantar árvores, jardinar, cozinhar e bordar. Ela passava o dia cantando e circulando pela propriedade. Estava por toda parte e em nenhum lugar. Isso incomodava Fa'ezeh, que a achava má, frívola e aérea; segundo ela, Zarinkolah precisava cacarejar o tempo todo para provar que existia. Fa'ezeh não suportava esse tipo de gente. Evidentemente ela estava satisfeita com a vida que levava, mas sempre que se lembrava de Amir Khan um traço de tristeza latejava por todo o seu corpo. Às vezes, a ideia de acabar se casando com Amir Khan, fosse lá como fosse, não lhe desagradava. Ela já não estava mais apaixonada por ele. Tampouco achava importante ter um marido; era apenas uma questão de sucesso. Ela queria se casar com Amir Khan para ser bem-sucedida.

Farrokh-laga estava perseguindo seriamente seu projeto de se tornar membro do parlamento. Esperava impaciente o final da construção para convidar pessoas importantes. Nas suas discussões com Muness, as duas concluíram que ela somente devia começar sua carreira pública depois de ter adquirido certa fama. Muness sugeriu que ela escrevesse poemas e os publicasse em jornais e periódicos, para, aos poucos, ficar conhecida. Farrokh-laga aprovou a ideia e estava pensando dia e noite em escrever poemas.

No começo do inverno, a casa estava pronta e todas as mulheres tinham finalmente encontrado para si um nicho. Farrokh-laga decorou uma das salas como um salão, com almofadas orientais no chão, candelabros, velas, vinho, doces e alguns livros de poesia. Foi à livraria e pediu cinquenta volumes de poesia. Dispôs esses livros em prateleiras naquele mesmo salão. Para assustar os convidados, comprou enormes velas com borboletas desenhadas, de forma que as borboletas queimavam com as velas. Mandou encher o porão com garrafas de vinho e outras bebidas, para que seus convidados nunca ficassem contrariados porque as bebidas haviam acabado.

Então Farrokh-laga começou a convidar as pessoas. Toda sexta-feira elas começavam a chegar de manhã e até tarde da noite continuavam chegando. Na manhã de sexta-feira se matava um carneiro. O próprio açougueiro tirava-lhe a pele e cortava a carne em pedaços. Muness e Fa'ezeh cuidavam da cozinha. Zarinkolah ficava por perto fazendo pequenos serviços. A residência de Farrokh-laga estava ficando famosa entre os amigos dela. Às sextas-feiras, eles vinham todos para o jardim. Mas Farrokh-laga nunca mencionou a árvore Mahdokht. Seguindo as instruções do Jardineiro, ela devia esperar até a plena germinação.

Em março, Zarinkolah não visitou mais a casa principal. Ficou na cabana do Jardineiro. Farrokh-laga inquiriu-o sobre ela. Ele respondeu que todo dia, ao romper da aurora, Zarinkolah o acompanhava e colhia com ele o sereno necessário para aguar a árvore. Zarinkolah ainda não tivera um filho, e assim seus seios não tinham leite. Muness, que nunca fora capaz de ler a mente do Jardineiro Prestimoso, pediu permissão para participar dessa atividade de coleta de sereno. O Jardineiro consentiu. Durante os meses de março e abril os três iam toda manhã buscar sereno. As mulheres colhiam-no nas folhas grandes e o entregavam ao Jardineiro, que com ele aguava a árvore de um jeito que só ele sabia. Esse era um dos seus segredos.

No final do mês de março, a árvore estava toda florida. Além disso, cantava com os pássaros, enchendo de música o jardim.

Farrokh-laga se sentia extremamente ansiosa para mostrar a árvore aos seus amigos. Mas o Jardineiro não deixou.

– Ainda não é hora – disse ele.

De fato, Farrokh-laga nem sequer tinha tido permissão para ver a árvore. Às vezes, ela se ofendia com isso, o que lançava uma sombra de frieza nas suas relações com o Jardineiro. Contudo, ela fazia um extraordinário esforço para tirar essa frieza do coração, porque precisava do Jardineiro o suficiente para obedecer-lhe. Além disso, estava ocupada demais escrevendo seus poemas. A essa altura, um grande número de jornalistas, poetas, pintores, escritores e fotógrafos frequentava sua casa às sextas-feiras. Mas ela ainda não tinha poemas para recitar, e assim não podia ficar famosa. Muness a consolava quando não tinha outra coisa para fazer. Fa'ezeh via tudo isso com pessimismo. Claro, ela não ousava pensar negativamente, pois Muness leria isso em sua mente. Mas quando sabia que Muness estava distante o suficiente para não ter acesso aos seus pensamentos, examinava todos esses problemas e concluía que eles se baseavam em algum tipo de imbecilidade. Ela achava que essa extravagância de Farrokh-laga com a poesia era culpa de Muness – aquela que tinha nascido com a cara redonda e assim continuava, bem no fundo, essencialmente ingênua e idiota, apesar de todos os seus talentos e apesar de poder até mesmo alongar o rosto, fazendo-o parecer uma cara de cavalo.

O mês de maio já estava chegando e Farrokh-laga ainda não tinha escrito um poema.

Certo dia, às dez da manhã, o jardim foi subitamente inundado por uma multidão, talvez umas cem pessoas. Claro, toda semana vinha gente de fora, mas não tanta assim. Ansiosa e apreensiva, Farrokh-laga mandara Muness e Fa'ezeh começarem a trabalhar e procurava Zarinkolah desesperadamente. Ela estava contrariada porque aquela mulher despreocupada comia todo dia o seu pão sem fazer nenhuma tarefa da casa, mesmo quando havia uma centena de hóspedes. Então gritou chamando o Jardineiro, que apareceu no meio do grande movimento da multidão, como por encanto.

– Você não pode pedir à sua esposa para vir ajudar as mulheres? – perguntou Farrokh-laga num tom queixoso. – Essas coitadas estão sendo massacradas com tanto trabalho.

– Impossível, senhora – replicou o Jardineiro. – Minha mulher ficou grávida ontem e agora não pode se mexer durante nove meses.

Farrokh-laga disse muito brava:

– Em primeiro lugar, como é que você sabe que ela está grávida desde ontem? E em segundo lugar, o que é que eu vou fazer com os meus convidados?

– Não se preocupe! – disse o Jardineiro. – Eu vou fazer a árvore cantar. Eles vão ficar tranquilos e nem se lembrarão que têm fome. A comida toda vai sobrar. Além disso, a senhora não devia fazer convites enquanto não tem nenhuma poesia pronta. De que adianta as pessoas virem e comerem sua comida sem fazerem nada para os seus projetos?

O Jardineiro saiu e a árvore começou a cantar. Os convidados se calaram e retiraram-se para um canto, como se uma gota de orvalho do tamanho de um oceano estivesse lentamente penetrando nas profundezas da terra, com todos os presentes abrigados nela. A gota de orvalho oceânica penetrou nas profundezas da terra para se fundir com o espírito do solo e da água. E de fato se fundiu com eles. Os milhões de elementos dessa fusão passaram a participar da festa da água e do solo, começando uma dança que continuaria interminavelmente. Uma dança tão lenta, tão rápida, que desarmonizava com o ritmo das mãos e dos pés dos convidados. A raiz absorveu os nutrientes dançantes do solo e da água, e um desfile em ritmo lento começou a surgir através da casca, numa rapsódia da madeira. Os raios vasculares do sistema de raízes pareciam um aglomerado de fios pendurados no teto do céu. Muness sussurrou no ouvido de Farrokh-laga:

– Você está vendo como o céu nos circunda? É um céu diferente, um céu dentro de um céu, dentro de um céu, dentro de um céu, dentro de um céu...

Farrokh-laga observou que a moça velha havia fechado os olhos e por trás das pálpebras contemplava um céu. Cruzando a perna direita sobre a esquerda, ela olhou para seus convidados com um curioso prazer. Perplexos, eles tentavam seguir o fluxo contínuo dos infinitos raios vasculares do sistema de raízes. A "consciência verde" já havia começado. Uma névoa verde envolveu todos eles. A terra e o céu ficaram completamente verdes. Uma cor do arco-íris havia dominado todas as demais. Os convidados, dissolvidos na névoa, foram absorvidos e começaram a gotejar como orvalho da extremidade das folhas. Isso continuou até o anoitecer. Então, a árvore silenciou e os convidados, inebriados pela sua voz, foram embora calados e quietos.

A partir desse dia, Farrokh-laga não convidou mais ninguém. Comprometeu-se a não fazer mais convites enquanto não tivesse escrito um poema. Nos dias que se seguiram, ela se consumia no salão, tentando escrever poesia. Muness passava a maior parte do tempo com o Jardineiro e sua mulher.

Zarinkolah tinha deixado de falar desde que engravidara. Sentava-se em silêncio diante da janela e ficava olhando para o rio. Muness e o Jardineiro recolhiam orvalho todo dia e nutriam Zarinkolah do mesmo modo que haviam nutrido a árvore. Zarinkolah ia mudando lentamente. Engordava e sua pele também estava mudando. Ela parecia cristal; na verdade, ia aos poucos se tornando transparente. Às vezes, Muness olhava para o rio através dela. Zarinkolah sempre se sentava de frente para o rio, vendo a água correr.

Do outro lado do rio, Fa'ezeh ficava sozinha. Como não havia convidados, ninguém mais vinha experimentar a sua culinária nem a elogiava. Farrokh-laga havia se trancado, Muness nunca estava por lá, a mulher do Jardineiro tinha desaparecido e era impossível conversar com ele, sempre ocupado fazendo alguma coisa. Fa'ezeh se sentia muito entediada e solitária. Às vezes se vestia e ia para Teerã, dizendo que ia dar uma volta. Planejava seus trajetos de modo a passar diante da casa de Amir Khan. De vez em quando, os dois se cruzavam, e então ela o cumprimentava e eles meneavam a cabeça um para o outro.

No final do verão, já no mês de agosto. Farrokh-laga havia conseguido algum progresso nas rimas e no ritmo. Finalmente, depois de nove meses, ela saiu da sala e foi se sentar na armação de cama à beira do lago. Muness estava aguando as flores num canto do jardim. Farrokh-laga chamou-a para recitar seu poema.

– Claro, não é poesia propriamente dita, minha querida Muness – exclamou ela –, mas eu acho que, se continuar assim por mais uns dois anos, vou acabar fazendo um poema de verdade.

Mas Muness insistiu que, de qualquer forma, ela lesse o que havia escrito.

– Já disse – repetiu Farrokh-laga –, não é poesia de verdade. É apenas uma tentativa de encontrar rima e ritmo.

Muness persistiu. Farrokh-laga, muito vermelha e obviamente perturbada por um misto de entusiasmo e timidez, leu em voz alta:

Ah, açucareiro! Por que estás sem vida?
De que serve a mão do sapateiro sem o formão?
Sempre sorrindo! Por que tão folgazão?
Ah, Grande Muralha, tão comprida.
Vai desmoronar ou resistir?
Tu, anjo da areia que se espraia!
Tu, o melhor em todo o porvir,
Serpente dançante do interior da praia!
Tu, encantadora! Tu, querubim!
Tu, alma torcida feita de cetim.
Tu, perna partida!
Tu, o bálsamo que acalma!
Suaviza e orienta a minha alma!
És toda a minha vida.
Viajaste, fizeste as malas e sem um adeus partiste.
Ah, tu, espelho do coração!
O meu é como um morcego de tão triste!
Deste manicômio que é só confusão,
O que se pode dizer a esse gato ranzinza?
Ronronando como um pêndulo de um asilo e arrepiando o
[pelo cinza?
Esse ar soturno, o coração magoado.

Não desencorajam meu combate aferrado.
Tu, generosidade mor, tão boa e amável, abre minha ferida.
Pois o coração de Farris está aflito como um templo arruinado.
Ele anseia pela sua amada (Ah, que bandida!)
Enquanto ela dança diante dos olhos dele, quase acabada.

Farrokh-laga ficou em silêncio. Muness, cabisbaixa, não disse palavra, tampouco. Farrokh-laga olhava para ela ansiosamente.

– O que é que você acha? – perguntou ela, por fim. – Eu sei que está cheio de problemas e erros. Mas nunca escrevi um poema antes. Essa é a minha primeira tentativa.

– Quero ler eu mesma! – disse Muness. – Só consigo seguir direito se eu mesma leio.

Farrokh-laga lhe entregou o texto. Muness começou a ler, lenta e cuidadosamente. Farrokh-laga estava nervosíssima. Sabia, claro, que Muness não era especialista em poesia, mas de qualquer forma ela lia a mente dos outros e tinha virtudes que não podiam ser ignoradas. Na sua ansiedade, Farrokh-laga olhou primeiro para cima, para as árvores, e depois para baixo, para a água do lago. Por fim Muness rompeu seu silêncio e disse:

– Desculpe, mas por que você falou no açucareiro em primeiro lugar?

Farrokh-laga estava prevendo aquela pergunta. Sorriu e respondeu:

– É que eu presto muita atenção nas coisas, nos objetos, e muitas vezes, quando vejo um açucareiro sem açúcar, ele me parece sem vida.

Muness meneou a cabeça e disse:

– Claro... Pode ser. Mas e esse "De que serve a mão do sapateiro sem o formão?". Isso soa um tanto estranho. Quem usa formão é o carpinteiro.

Farrokh-laga ficou perplexa. Já ia insistir que os sapateiros também usam essa ferramenta, mas estava insegura, e assim perguntou:

– Você tem certeza?

– Para ser sincera – respondeu Muness –, eu não sei. Até onde me lembro, quem usa formão é o carpinteiro.

– Então o que é que o sapateiro usa? – indagou Farrokh-laga.

Muness pensou durante algum tempo, mas, apesar de ter boa memória, não conseguiu lembrar.

– Honestamente, eu não sei – replicou ela.

– Isso vai ser uma dificuldade – observou Farrokh-laga –, porque se eu usar, por exemplo, "martelo" em vez de "formão", vai atrapalhar a rima seguinte.

– Acho que o problema não é tão grande assim. Algumas rimas do poema não têm muito sentido. "Sempre sorrindo! Por que tão folgazão?", por exemplo, me parece meio despropositado, e assim você talvez pudesse reformular o verso para ele rimar com martelo. E tem esse "serpente dançante do interior da praia". Claro, é um som agradável ao ouvido, mas eu não entendo o sentido disso. A mesma coisa vale para "ronronando como um pêndulo num asilo".

Farrokh-laga começou a perder o ânimo. Muness viu na mente dela um castelo dourado desmoronando.

– Mas não se atormente por causa da poesia! – disse ela. – Afinal de contas, existem outros caminhos para o sucesso. Esse pintor que estava aqui na última reunião, eu vi na mente dele que ele quer pintar o seu retrato. Você pode chamá-lo para fazer isso. Pague a ele uma boa soma e ele certamente fará o seu retrato. Desse modo, você vai se relacionando com gente famosa. Você já conhece muita gente famosa. Mas precisa ser clara com eles. Diga a eles que você quer ser membro do Majlis*, que você quer ser parlamentar, e eles vão ajudá-la.

Farrokh-laga já havia deixado de demolir o castelo dourado e estava pensando na proposta de Muness.

– Acho que na semana que vem – disse ela – seria bom retomar as reuniões. Preciso dizer a Mossayeb e Akbar para voltarem. Sem empregados aqui, as coisas não funcionam.

E foi exatamente o que aconteceu. Naquela semana e nas seguintes os convidados começaram a aparecer como antes. Amigos e parentes, todos conheciam muito bem o caminho que levava ao jardim. Amir Khan foi até lá duas ou três vezes, com o pretexto de ver a irmã. Mas não ousava mais demonstrar força. Temia a moça e se comportava com educação. Nunca levou sua mulher.

– Por que você não trouxe a sua esposa? – indagava Fa'ezeh.

– Ela está ocupada, madame – respondia ele. – E, além disso, não se interessa por essas coisas. É uma dona de casa.

– Eu não gosto nem um pouco de donas de casa – comentava Fa'ezeh. – A mulher precisa ser sociável. Precisa ajudar o marido a subir na sociedade. Não dá para simplesmente ficar na cozinha o tempo todo. Por exemplo, por quanto tempo mais você pretende continuar sendo um simples funcionário público? Chega uma hora em que a pessoa precisa progredir. O fundamental para poder subir na vida é ter

---
* Parlamento iraniano. (N. T.)

contato com gente importante. Nesta casa eu conheci tantas pessoas importantes que não dá nem para começar a contá-las. Quando tenho algum assunto que envolva o governo, eu dou uma indireta para a pessoa certa e a coisa se resolve rapidamente.

– Você conhece um homem chamado Atrchian? – perguntou Amir Khan. – Ele estava aqui na semana passada; é careca, baixinho e tem a cara vermelha.

– Claro, você quer dizer aquele do ópio, que trabalha para a empresa Manaqebi? Ele está sempre aqui.

Os olhos de Amir Khan brilharam intensamente. Toda vez que falava com Fa'ezeh ele mencionava Atrchian, na esperança de que a moça perguntasse o que ele queria do visitante. Mas Fa'ezeh tinha se tornado esperta o suficiente para não entregar de graça o serviço.

Farrokh-laga começou a posar para o retrato. O pintor vinha às terças-feiras, além das sextas, para pintar o retrato. Ela pretendia que ele dedicasse uma exposição inteira aos vários esboços e pinturas para os quais posara. Ele já havia embolsado dinheiro suficiente para organizar dez exposições.

Muness estava quase sempre no fundo do jardim. Ajudava o Jardineiro a colher orvalho. Mossayeb e Akbar haviam tomado conta da cozinha. Os serviços das mulheres já não eram necessários. Com o início do inverno, Farrokh-laga estava pensando em se livrar delas. Precisava apenas resolver como fazer isso. No terceiro mês do outono, a exposição foi inaugurada. Ela estava considerando a hipótese de novamente montar uma casa em Teerã – passar o verão no jardim de Karadj e o inverno na cidade. Àquela altura, as mulheres haviam passado a ser um aborrecimento.

No meio do inverno, certa noite o jardim se iluminou. Muness, dormindo ao lado da janela, abriu os olhos e, vendo a claridade, pensou: "Zarinkolah está dando à luz". Ela se levantou, vestiu-se no escuro e, debaixo de uma neve pesada, foi até a cabana. O jardim inteiro estava inundado de luz, como o mundo no dia da sua criação. Zarinkolah, que tinha se transformado completamente em cristal sob essa nova luminescência, parecia a personificação da luz.

O Jardineiro estava sentado junto da parede, consertando seus sapatos de lona.

– A Zarinkolah está precisando de ajuda – disse Muness.

– Ela vai dar à luz sozinha – replicou o Jardineiro. – Uma mulher de verdade dá à luz sozinha.

Quando o sol despontou, nasceu uma ninfeia. O Jardineiro tomou nas mãos a flor e foi para o rio. Ele já havia cavado um minúsculo poço na margem do rio. A água do poço tinha congelado. Com todo o cuidado, ele pôs a ninfeia na água.

– Assim ela vai morrer – objetou Muness.

– Não vai – respondeu o Jardineiro. – Vai enraizar sozinha.

Eles voltaram para o quarto. Zarinkolah estava sentada, muito quieta, na cama. Já não era como cristal; era ela mesma, apenas com dois seios repletos de leite. O Jardineiro tomou-a nos braços, acariciou-lhe a cabeça, beijou suas mãos e massageou-lhe as pernas.

– Agora temos de levar um pouco de leite para a árvore – disse ele, entregando-lhe uma tigela.

Zarinkolah tirou o leite diretamente na tigela até enchê-la.

– Agora durma um sono bom! – murmurou o Jardineiro.

Ele pegou a tigela e foi para a árvore, acompanhado de Muness.

– Neste frio – comentou ele –, o leite lhe fará bem. Ela está hibernando. Mas na primavera será uma árvore como nunca se viu.

O Jardineiro começou a despejar o leite, gota a gota, no pé da árvore. Continuou fazendo isso até o sol se levantar. Então voltou para o quarto.

Tomando um atalho entre as árvores secas, Muness foi para a casa principal. Ela já havia morrido duas vezes e nada mais a surpreendia. Contudo, no meio do caminho encostou a cabeça numa árvore e pensou: "Preciso de ajuda!".

Bem no fundo do coração ela invejava a prostituta, que havia atingido seu objetivo sem a menor dificuldade. Para ela, transformar-se em luz parecia tão simples quanto rir. Muness não sabia qual era o segredo disso.

– O que eu preciso fazer para me transformar em luz? – perguntou ela.

Não houve resposta.

Ela não tinha inclinação para a "ramificação" nem era arbórea por natureza. Não era tampouco procriadora. Sabia que estava podre por dentro – enquanto esperava, havia apodrecido. Sabia perfeitamente bem que o sentimento de luz era a concretização do amor. Mas nunca havia sentido amor. O máximo a que chegara tinha sido um entusiasmo passageiro, uma fascinação. Mas amor? Isso ficava a léguas de distância. O amor estava longe e ao mesmo tempo perto. Ela sabia que o amor viria se ela pudesse sentir com a ponta dos dedos, e com paixão, a aspereza da casca de uma árvore. Mas ela sempre sentia a aspereza de uma árvore antes mesmo de tocá-la. Sempre percebia a aspereza da casca, assim como percebia a maldade nas pessoas. Ela própria era destituída de qualquer maldade, mas sabia o que era isso. Não por ter aprendido. Simplesmente ela sabia.

Ali, no ermo de Karadj, ela havia encontrado o desejo e a paixão desenfreados. Infelizmente, antes mesmo dessa experiência, ela sabia o que é o desejo. O problema era que ela conhecia tudo dentro dos limites de uma mente que por medo reprimia a criatividade, que associava pensamento a temor e receava a experiência, a má reputação e a humilhação. Ela queria ser como as pessoas comuns, mas não sabia qual era o segredo de ser comum. Não percebia o verdadeiro valor da pobreza e por isso não tinha nunca se tornado prolífica ou rica. Não tinha nunca se importado com o verme nem reverenciara as folhas secas. Não rezara ao ouvir o pio da andorinha, não tinha escalado montanhas e não vira a aurora. Nunca passara a noite, até o amanhecer, olhando as estrelas da Ursa Maior. Não distinguia entre terra e cascalho. E diferenciava o céu da terra, deixando com isso de perceber o céu que há na terra e a terra que há no céu. Sentia-se apodrecendo – ou melhor, podre. "Bom, o que vou fazer?", pensou ela. "O que vou fazer com esse tipo de conhecimento banal?"

Farrokh-laga tinha acordado e estava de pé diante da casa, vestida com sua camisola de lã.

– Todos os cômodos da casa estão gelados – disse ela, ao ver Muness. – Deve ter sido você que deixou a porta aberta.

– Desculpe – disse Muness.

Ela sabia que Farrokh-laga estava querendo que elas fossem embora, então perguntou:

– Me diga: o que é que eu vou fazer com esse conhecimento banal?

– Que conhecimento?

– O conhecimento banal. Como o fato de você querer que nós duas deixemos a casa. Por que eu tenho de saber disso?

Farrokh-laga deu de ombros. Ela havia aprendido a lidar com Muness e não mais ficava aterrorizada com a sua capacidade de ler a mente. Sabia que era um dom sem importância, na verdade, pois a mulher era simplória demais para lhe dar um bom uso. E assim ela disse:

– Eu estou indo embora para a cidade hoje. Aluguei uma casa lá. Vocês podem ficar aqui o tempo que quiserem. Vou voltar no verão. Quando forem embora, deixem as chaves com o Jardineiro para que eu possa pegá-las com ele.

Mahdokht

No outono, Mahdokht havia se plantado na margem do rio. Ela gemeu durante toda a estação. Seus pés estavam congelando pouco a pouco na lama. As chuvas frias do outono haviam lhe rasgado a roupa, restando apenas umas poucas tiras de tecido. No começo ela tremia, antes do início do inverno. No auge da estação, ficou totalmente congelada. Seus olhos permaneciam abertos e olhavam constantemente para a água, que continuava correndo.

Na primavera, com as primeiras chuvas, o gelo do seu corpo se quebrou. Ela percebeu que minúsculos rebentos lhe brotavam nos dedos dos pés. Seus pés estavam enraizando. Durante toda a primavera, ela ouviu o som das raízes que cresciam, sugando os nutrientes do solo e distribuindo-os por todo o seu corpo. Ouviu o som das suas raízes estendendo-se, dia e noite. No verão, viu a água verde.

No outono, o frio chegou novamente. Ela já não gemia. As raízes pararam de se mover. O crescimento cessou.

No inverno, foi alimentada com orvalho. Ela estava congelada, mas ainda assim via a água verde-azulada.

Na primavera, todo o seu corpo se cobriu de galhinhos. Foi uma boa primavera. Ela havia aprendido a música da água. Cantava essa música, e isso enchia de alegria o seu coração. Ela passava aos galhinhos esse sentimento de alegria. As folhas estavam ficando cada vez mais verdes.

No verão, a água ficou azul. Ela via os peixes.

No outono, o frio voltou. O céu era azul-escuro. Claro, seu coração se encheu de uma sensação de contentamento. Ela havia descoberto a essência de ser uma árvore, armazenando tudo.

No meio do inverno, foi nutrida por leite humano. Sentiu-se explodir. A primavera não chegara e o gelo espalhava-se dentro de todo o seu corpo. Ela sentia dores; o sentimento de estar explodindo a dominava e ela sofria dores. Estava assustada com a água, que não mais corria, apenas gotejava. Então, o acúmulo dessas gotas fluiu e Mahdokht ainda sentia dor. Ela achava que estava encarnada na água, nas partículas dessas gotas, como se a batida do seu coração reconhecesse cada átomo. Continuou sendo alimentada com leite humano durante três meses. Mais ou menos no meio da primavera a explosão da árvore dentro do seu corpo chegou ao ápice. A explosão não foi súbita, embora genuína; ocorreu lenta e laboriosamente, como se todos os raios vasculares do seu sistema de raízes estivessem se dividindo. Esses raios se separaram lenta e lamuriosamente.

Mahdokht estava se estilhaçando numa metamorfose permanente. Estava em trabalho de parto. Tinha a sensação de que dava à luz. Sofria, seus olhos saltando das órbitas. A água já não tinha nem mesmo a forma de gotas, mas sim uma forma etérea a partir da qual Mahdokht observava as coisas. Ela estava se estilhaçando com as moléculas de água.

Finalmente aquilo tudo acabou. A árvore transformou-se em sementes – um monte de sementes. O vento soprou – e era um vento cortante. O vento entregou as sementes de Mahdokht aos cuidados amorosos da água. Mahdokht viajou com a água. Viajou na água. Tornou-se uma visitante convidada pelo mundo todo. Disseminou-se para os quatro cantos do mundo.

Fa'ezeh

No outono, o ar da cidade é luminoso. É agradável caminhar pelas ruas às onze da manhã. Na maioria dos dias de outono, Fa'ezeh e Amir Khan passeavam pelas ruas secundárias e alamedas remotas da cidade. Fa'ezeh vinha de Karadj todas as manhãs para encontrá-lo na praça Esfand 24. Ele quase sempre se queixava da mulher e ela o ouvia pacientemente. Sua mulher era negligente, não sabia cozinhar e nem mesmo cuidava direito do filho recém-nascido. Fa'ezeh às vezes se condoía, às vezes o aconselhava ou simplesmente se solidarizava com ele.

Pelo meio de agosto, Amir Khan recebeu uma multa equivalente a quinze dias de salário motivada pelas suas repetidas ausências no trabalho. Ficou extremamente preocupado e mudou o horário dos encontros para as cinco da tarde.

Então, toda tarde a moça vinha de Karadj para encontrar Amir Khan na mesma praça. Eles conversavam, iam ao cinema ou jantavam numa casa de *kabob*. Não era possível continuar daquele jeito. A vida estava ficando realmente aborrecida. Além disso, o assunto escasseava. Então, Amir Khan disse um dia:

– Talvez eu não devesse falar assim, mas não está certo você viajar de Karadj todo dia. Tenho medo de que um dia aconteça alguma coisa com você. Não fica bem uma mulher viajar tantas vezes sozinha na estrada de Karadj.

– O que você acha que nós devemos fazer? – indagou Fa'ezeh.

– Bom, venha morar em Teerã.

– Em que casa?

– Você pode voltar para a casa da sua avó.

– Você acha que a minha avó vai me querer de volta? Ela não entende a nossa escolha de vida. Fatalmente vai pensar que algo catastrófico aconteceu comigo e, com isso, vai ficar ainda mais mal-humorada.

– Talvez seja melhor eu arrumar um quarto para você.

– Que vergonha, Amir Khan! –, protestou Fa'ezeh – Você acha que eu sou mulher de fazer uma coisa dessas?

– Bom – disse Amir Khan –, então vamos providenciar um casamento temporário, um *sigheh*, para que não haja problema.

Fa'ezeh não gostava da palavra *sigheh*, mas ficou calada.

Eles foram um dia ao tabelião público para fazer o contrato do *sigheh*. O tabelião disse que ali não faziam casamento temporário, apenas o permanente, o *aghd*. Assim, eles se casaram adequadamente com um *aghd*, só que de modo discreto, a fim de dar a Amir Khan tempo de preparar a mulher para a notícia. Passaram a noite no quarto de um hotelzinho.

Na manhã seguinte, Amir Khan levantou-se do leito nupcial um tanto desiludido. Procurou em vão uma toalha ensanguentada ou algo do tipo*. A moça agiu como se estivesse tudo certo. Amir Khan não fez nenhuma pergunta; apenas foi até a janela e olhou para a rua. Ressentia-se profundamente do seu destino, mas não tinha ideia de onde acomodar a sua queixa.

– Precisamos procurar uma casinha – propôs Fa'ezeh.

– Tenha paciência – pediu Amir Khan. – Mais uns dias e eu levo você para a minha casa.

– Deus me livre! Você acha que eu vou morar com outra mulher, uma *havoo***? Nunca!

Fa'ezeh começou a procurar um lugar para morar. Encontrou um no segundo andar de uma casa da rua Salsabil. Amir Khan começou a procurar mais um emprego para cobrir os custos e as despesas dessa segunda casa. Finalmente, achou um numa companhia de comércio – sempre esperançoso de que Fa'ezeh o apresentasse ao sr. Atrchian.

A vida deles não é boa nem má... Simplesmente passa.

---

* Em muitas famílias tradicionais iranianas, a fim de provar a virgindade para o marido ou a família do marido, e também para sua própria família, depois da noite de núpcias a moça deve apresentar um lenço ou uma toalha com o sangue de seu hímen.

** As esposas num casamento polígino. (N. T.)

Muness

Muness ajudou o Jardineiro durante três meses. Eles nutriram a árvore com o leite de Zarinkolah. No segundo mês da primavera, a árvore se estilhaçou. Certa manhã, eles viram que ela havia se transformado inteiramente em sementes. Bateu um vento e levou as sementes para a água.

– Muness – disse o Jardineiro –, já é hora de você se tornar um ser humano.

– Eu quero me tornar luz – disse Muness. – Como é que uma pessoa se transforma em luz?

O Jardineiro respondeu:

– Primeiro ela aprecia o valor da escuridão. Como todas as pessoas comuns, você não compreende o que é essencial. Por isso eu lhe digo: vá e descubra a importância da escuridão. Não se torne luz, porque essa é uma transformação unidirecional. Olhe para a sua amiga aqui! Ela queria se tornar árvore e se tornou. Não foi tão difícil quanto ela achava que seria. Mas, infelizmente, ela não se tornou um ser humano, apenas uma árvore. Agora ela pode retomar o movimento cíclico, que começa desde o início, e tornar-se, dentro de bilhões de anos, um pouco humana. O que eu lhe aconselho a fazer agora é que você busque a escuridão, mergulhe nas profundezas da escuridão. Busque a profundidade desde o início, vá até o mais fundo das coisas. Uma vez atingido o abismo da profundidade, você vai encontrar nas suas mãos, ao seu lado, o zênite da luz. Tornar-se humano é exatamente isso. Agora vá e se torne um ser humano.

Num piscar de olhos Muness rodopiou em torno de si mesma e disparou para o céu. Um vento escuro transportou-a. Quase no mesmo instante ela se viu num deserto infinito.

Sete anos se passaram e ela atravessou sete desertos. Estava cansada, exausta; não tinha anseios, por mais que estivesse adquirindo experiência – e era isso que importava.

Depois de sete anos, ela chegou à cidade. Banhou-se, vestiu roupas limpas e tornou-se uma simples professora.

A sra. Farrokh-laga Sadr-O-Divan Golchehreh

Farrokh-laga passou o inverno inteiro na casa que havia alugado na cidade. O pintor ficava quase o tempo todo por lá. Tinha vinte e cinco anos e um mundo de ilusões sobre pintura. Discutia isso com Farrokh-laga. No outono, expôs uma coleção de esboços dela. O *vernissage* estava superlotado. Todo mundo compareceu, todo mundo o elogiou e todos disseram que estava maravilhoso. Mas no dia seguinte a exposição ficou às moscas.

O jovem pintor desanimou. Farrokh-laga passou o inverno inteiro consolando-o. No início da primavera estava cansada de lamentações e choros. Deu-lhe algum dinheiro e lhe disse para ir aprimorar sua pintura em Paris, sob a supervisão de grandes mestres.

Depois da partida do jovem artista, ela ficou alguns dias sozinha em casa. Acabou se aborrecendo. Pensou em voltar para o jardim, mas não podia suportar as mulheres.

O sr. Merikhi, um dos velhos amigos de Fakhredin Azod, foi vê-la. Ele sabia do seu caso com Fakhredin. Dia após dia, os dois se sentavam e conversavam. O sr. Merikhi respeitava Farrokh-laga. Via nela um potencial excepcional que não tinha sido adequadamente explorado. Propôs que eles se casassem para que o caminho do avanço social se abrisse para Farrokh-laga. Ela aceitou. Os dois avançaram. Merikhi tornou-se membro do parlamento e Farrokh-laga tornou-se presidente honorária de um orfanato. Merikhi foi designado para um posto na Europa; Farrokh-laga o acompanhou. A relação deles é boa: nem fria nem quente.

Zarinkolah

Zarinkolah se casou com o Jardineiro Prestimoso, engravidou e deu à luz uma ninfeia. Ela adorava a filha, que crescia no laguinho ao lado do rio.

– Zarinkolah – disse seu marido num dia de verão –, nós precisamos ir embora daqui.

Zarinkolah varreu a casa, dobrou a roupa de cama e amarrou seus pertences numa trouxa.

– Zarinkolah – disse seu marido –, nós não vamos precisar de bagagem. Deixe sua trouxa aqui.

A mulher obedeceu. Depôs a trouxa e segurou a mão do marido. Juntos, os dois foram se sentar na ninfeia, que os envolveu com suas pétalas.

E então eles se transformaram num redemoinho e subiram para o céu.

Primeiro rascunho: Paris, França – Verão de 1979
Revisto: Teerã, Irã – Primavera de 1989